책을 읽는 즐거움과 더불어 창의력과 감성을 키울 수 있는 독서 경험을 제공하는 것을 목표로, 청소년 뿐만 아니라 어른들도 함께 공감하고 감동할 수 있는 따뜻한 위로와 희망을 전하는 이야기들을 담고 있습니다.

- 이 책의 저작권은 정씨책방이 소유하고 있습니다. 저작권법에 의하여 보호 받는 저작물이므로 무단전재와 무단복제를 금합니다.
- 책 내용의 전부 또는 일부를 이용하려면 정씨책방의 서면 동의를 받아야 합니다.
- 잘못된 책은 구입하신 서점에서 바꿔드립니다.

일본
단편 동화집

1 3 1 8
청 소 년
문　　고
2　　3

아주 옛날 대나무를 베는 한 노인이 살고 있었다. 몹시 가난했던 그는 죽기 직전까지 입밖에 모르며 살았고 자식도 없이 지냈다. 매일 아침 그는 초록빛의 싱싱한 대나무 잎이 부드럽게 흔들리는 숲속으로 나무를 베러 갔다. 그중 제일 좋아 보이는 나무를 골라 세로로 혹은 가로로 쪼개어 집으로 들고 왔다. 그는 필요한 도구들은 모두 대나무로 만들어 사용하였으며 부인과 함께 만든 것들을 주변 사람들에게 팔아 생계를 유지하고 있었다.

어느 날 아침 그는 여느 때처럼 숲속으로 향했다. 그날따라 튼튼해 보이는 대나무들이 많았다. 나무를 베려는 순간 갑자기 환한 보름달이 바로 머리 위에 떠있는 것처럼 강한 빛이 쏟아졌다. 깜짝 놀라 주위를 돌아보던 그는 대나무에서 그 빛이 나오고 있는 것을 발견하였다. 호기심에 가득 찬 노인은 당장 도끼를 내려놓고 그 빛 쪽을 향해 걸어갔다. 점점 가까이 가보니 대나무 줄기 속 작은 구멍에서 빛이 나오고 있었다. 더 놀라운 사실은 그 눈부신 빛 한가운데에

리플레이

20세기 초, 수집된 일본 전통 이야기 모음집

일본의 전통, 관습 등을 외국인들의 취향에 맞게 묘사하여 이야기 곳곳에 일본 전통 가옥의 특징과 그 나라 특유의 문화에 대한 묘사를 찾아볼 수 있는데 이 요소들이 작품을 더욱 흥미롭게 만들고 있다. 꽤 으스스한 분위기의 '라쇼몬 거인'이나 흥미로운 모험 소설 '킨타로의 모험' 역시 남녀노소 가리지 않고 흥미를 불러일으키기 충분한 이야기들이다.

<일본 단편동화집>은 1318 청소년문고 23번째 작품입니다.

차례

나무꾼과 달빛공주, 7

낚시꾼 청년, 30

농부와 오소리, 49

라쇼몬 도깨비, 59

마츠야마의 거울, 69

복숭아소년 모모타로, 90

쌀자루의 왕, 109

야마토 왕자, 119

영원히 살고 싶은 남자, 140

오색 바위와 황후 조크와, 151

죽은 나무도 살려내는 노인, 164

킨타로의 모험, 176

하세 공주 이야기, 190

행복한 사냥꾼과 솜씨 좋은 낚시꾼, 202

혀가 잘린 참새, 227

나무꾼과 달빛공주

아주 옛날 대나무를 베는 한 노인이 살고 있었다. 몹시 가난했던 그는 죽기 직전까지 일밖에 모르며 살았고 자식도 없이 지냈다.

매일 아침 그는 초록빛의 싱싱한 대나무 잎들이 부드럽게 흔들리는 숲속으로 나무를 베러 갔다. 그 중 제일 좋아 보이는 나무를 골라 세로로 혹은 가로로 쪼개어 집으로 들고 왔다. 그는 필요한 도구들은 모두 대나무로 만들어 사용하였으며 부인과 함께 만든 것들을 주변 사람들에게 팔아 생계를 유지하고 있었다.

어느 날 아침 그는 여느 때처럼 숲속으로 향했다. 그날따라 튼튼해 보이는 대나무들이 많았다. 나무를 베려는 순간 갑자기 환한 보름달이 바로 머리 위에 떠있는 것처럼 강한 빛이 쏟아졌다. 깜짝 놀라 주위를 돌아보던 그는 대나무에서 그 빛이 나오고 있는 것을 발견하였다. 호기심에 가득 찬 노인은 당장 도끼를 내려놓고 그 빛 쪽을 향해 걸어갔다. 점점 가까이 가보니 대나무 줄기 속 작은 구멍에서 빛이 나오고 있었다. 더 놀라운 사실은 그 눈부신 빛 한가운데에 작은 아이 하나가 서 있는 것이었다. 한 뼘도 안 되는 크기의 아주 예쁜 소녀였다.

"내가 매일 일하러 오는 이곳에서 너를 발견하다니 하늘이 내가 자식이 없는 것을 알고 너를 보내주신 게 틀림없다."

노인은 아이의 손을 꼭 잡고는 부인이 기다리고 있는 집으로 데리고 갔다. 그 소녀는 말로는 다 할 수 없을 만큼 어여쁘고 앙증맞은 아이였다. 그리하여 부인은 혹시나 소녀가 다치지는 않을까 걱정하여 바구니에 넣고 다녔다. 노부부는 정말 행복했다. 오랫동안 아이가 없어 슬퍼했는데 어느 날 갑자기 뜻밖의 아이를 품게 되었으니 더 이상 바랄 것이 없었다.

그 날 이후 놀라운 일들의 연속이었다. 나무꾼이 대나무를 벨 때마다 금을 비롯한 여러 가지 보석들이 쏟아져 나왔다. 그리하여 그들은 점점 부자가 되었고 집도 한 채 새로 지을 수 있었다.

그는 더 이상 가난한 나무꾼이 아니었다. 그로부터 세 달 후 대나무에서 데려온 작은 소녀는 놀랍게도 그 짧은 시간에 어엿한 숙녀로 자라있었다. 부부는 양딸에게 예쁜 기모노도 입혀주고 머리도 땋아주었다. 처음 데려올 때도 정말 예쁜 아이였지만 지금은 뭐라 말로 표현하기도 부족할 만큼 아리따운 여인의 모습이었다. 부부는 다른 누구도 딸의 모습을 보는 것을 원치 않았다. 그리하여 장막을 치고 마치 공주처럼 그 뒤에 꽁꽁 숨겨두었다.

그녀는 마치 온몸이 빛으로 이루어진 것 같았다. 그녀 덕분에 집안 전체가 반짝반짝 빛났기 때문이다. 심지어 온 하늘이 깜깜한 밤에도 그들의 집만은 환하게 빛나고 있었다. 그녀로 하여금 선한 기운이 집 안에 퍼지는 듯한 느낌이었다. 나무꾼은 슬픈 일이 생길 때마다 딸을 바라보았고 놀랍게도 그 즉시 슬픔은 사라져버렸다.

딸의 이름을 짓는 날이 되어 부부는 유명한 작명가를 찾아갔다. 그는 소녀의 이름을 '달빛공주' 라 지어주었다. 온몸에서 광채가 나는 것으로 보아 아무래도 달의 신으로부터 온 아이라 생각했기 때문이다. 그 후 사흘 동안 공주가 이름을 갖게 된 것을 축하하는 연회가 펼쳐졌다. 나무꾼 부부의 모든 친척들과 친구들이 모여 노래하고 춤추며 즐거운 시간을 보냈다. 그녀의 얼굴을 본 모든 이들은 그렇게 아름답고 사랑스러운 여인을 본 적이 없다며 감탄하기 바빴다. 나라에서 소문난 미인들을 데리고 와도 그녀 옆에 있으면 아무 것도 아니라고까지 할 정도였다.

달빛공주에 대한 소문은 더욱더 널리 퍼져나갔다. 손이라도 한 번 잡아보려는 남자들이 줄을 이뤘으며 그게 안 되면 얼굴이라도 한 번 보자며 찾아오는 이들이 하루하루 늘어갔다. 점점 더 많은 남자들이 공주의 집 앞으로 찾아왔다. 그들은 공주가 방에서 나와 마루를 지나 다른 방으로 들어가는 그 짧은 순간의 모습이라도 보려고 울타리에 구멍을 내기까지 했다. 그들은 잠도 자지 않고 밤낮을 집 앞에서 머물렀다. 하지만 모두 헛수고였다. 나무꾼 부부나 하인까지 부르며 사정했지만 역시 아무 소용없는 일이었다.

그들은 몹시 실망했지만 포기하지 않고 몇날 며칠을 밤을 새며 공주의 집 앞에 죽치고 있었다. 공주의 얼굴을 한번이라도 볼 수 있다면 그 정도 노력은 아무것도 아니라 생각했다. 하지만 그들도 사람인지라 점점 가망 없는 상황에 낙담하여 포기하고 돌아가는 남자들이 늘어나기 시작했다. 결국 마지막에는 다섯 명의 기사만이 남아있었다.

그들의 투지와 열정은 날이 갈수록 오히려 강해지고 있었다. 그들은 제대로 된 식사도 하지 못했다. 그냥 눈에 보이는 음식을 대충 먹으며 자리를 절대 뜨지 않고 공주의 집 앞을 지키고 있었다. 비가 오나 눈이 오나 그들은 꿋꿋이 그곳에 머무르고 있었다. 기사들은 가끔씩 공주에게 편지를 쓰기도 했다. 하지만 답장이 오는 일은 절대 없었다. 그러면 그들은 자지도 못하고 먹지도 못하면서 하염없는 기다림에 지쳐가는 심정을 담은 시를 써서 보내기도 했다. 하지만 공주에게는 어떤 소식도 전해들을 수가 없었다.

그러는 동안 추운 겨울도 거의 끝나가고 있었다. 눈과 서리, 찬바람이 모습을 감추고 따뜻한 봄바람이 불어왔다. 금방 여름이 찾아왔다. 태양이 작열하고 찌는 듯한 더위에도 기사들은 절대 포기하는 일이 없었다.

여름이 끝나갈 무렵 기사들은 나무꾼을 불러 제발 공주의 얼굴을 한번만이라도 보게 해달라고 간절히 애원했지만 그는 자신이 친아버지가 아니니 딸이 원하지 않는 것을 강제로 시킬 수는 없다고 대답할 뿐이었다. 아무래도 가만히 기다리고만 있는 것은 더 이상 소용이 없었다.

그들은 각자 집으로 돌아가 어떻게 하면 냉정한 공주의 마음을 감동시킬 수 있을까, 아니면 하다못해 목소리라도 들을 수 있을까 곰곰이 생각하였다. 그들은 묵주를 꺼내고 각자의 사당 앞에 무릎을 꿇으며 향을 피워 부처님께 기도를 올렸다. 하지만 며칠 동안 그들은 어떤 응답도 들을 수 없었다.

기사들은 다시 한 번 나무꾼의 집으로 향하였다. 이번에는 나무꾼이 기꺼이 집 밖으로 모습을 드러내었다. 기사들은 나무꾼에게 공주가 정말 자신들을 만나고 싶어 하지 않는 것인지를 물었다. 그러면서 자신들이 얼마나 공주를 사랑하는지, 비가 오나 눈이 오나 추우나 더우나 얼마나 오랫동안 그녀를 기다리고 있는지, 잠도 못 자고 밥도 못 먹으면서까지 얼마나 애타게 그녀를 원하는지 제발 공주에게 전해달라고 애원하였다. 단 한번만이라도 공주의 답을 들을 수만 있다면 정말 기쁠 것이라 덧붙여 말했다.

나무꾼은 그들의 이야기를 기꺼이 들어주었다. 들어보니 그들은 생각했던 것보다 훨씬 더 진심으로 딸을 사랑하고 있었다. 그들 중 하나를 달빛공주와 결혼시키는 것도 나쁘지 않을 것 같아 그녀에게 가 조심스럽게 물어보았다.

"너는 언제나 내가 가장 아끼고 소중하게 여기는 딸이었다. 늘 너를 보호하고 다치지 않을까 품에만 싸고 있었는데 너만 괜찮다면 이제는 너를 내 품에서 떠나보내고 싶구나. 그렇게 하겠느냐?"

공주는 아버지의 말씀이라면 못할 것이 있겠냐며 흔쾌히 그러겠다고 했다. 아버지를 만나기 전의 날들은 전혀 기억이 없으며 그를 진짜 아버지로 존경하고 사랑한다고 덧붙여 말했다. 나무꾼은 공주의 말에 크게 기뻐하며 죽기 전에 딸이 결혼해서 행복하게 사는 모습을 꼭 보고 싶다고 하였다.

"나도 벌써 일흔이 되었으니 언제 죽어도 이상할 것 없는 나이이다. 그러니 저기 너를 간절히 원하고 있는 다섯 기사들 중 하나를 골라 결혼하는 것이 좋겠다."

"아."

공주는 예상치 못했던 아버지의 부탁에 당황한 표정이었다.

"아버지, 저는 아직 결혼할 생각이 없습니다."

"수 년 전 너를 처음 발견했을 때가 생각나는구나."

나무꾼이 말을 이어갔다.

"대나무에서 밝은 빛이 쏟아져 나오는데 그 안에 네가 숨어있었지. 그때는 한 뼘도 안 되는 작은 아이였는데. 나는 항상 네가 범상치 않은 여인으로 자랄 것이라 생각해왔다. 아직은 내가 살아있으니 네가 원하는 대로 해도 아무 문제가 없지만 갑자기 내가 죽고 나면 너를 돌봐줄 사람이 없지 않느냐. 그러니 이 남자들을 한번 만나보고 결혼할 사람을 고르는 것이 어떻겠느냐."

그러자 공주가 말했다. 혹시나 소문이 너무 부풀려져서 그들이 기대했던 것만큼 아름답지 않은 모습에 실망하면 어쩌나, 또 막상 하나를 골라 결혼하겠다고 했는데 그의 마음이 바뀔 수도 있지 않냐며 걱정하는 것이었다. 나무꾼은 그들이 정말 훌륭하고 멋진 기사들이라며 공주를 안심시키려 했지만 그녀는 아무래도 내키지가 않았다.

"네가 걱정하는 것이 무엇인지 알겠다." 나무꾼이 말했다.

"하지만 그게 두려운 것이라면 저들 외에 다른 남자들도 만날 수 없지 않겠느냐? 내가 직접 이야기를 나누어보니 저들은 정말 진중하면서도 충성스러운 남자들이다. 너를 만나겠다고 먹지도 자지도 않고 무더위와 강추위를 견디며 몇 달을 집밖에서 기다리고 있는데 저보다 더 믿음직한 사람들이 어디 있겠느냐?"

하지만 달빛공주는 직접 만나기 전에 그들의 능력을 좀 더 시험해봐야겠다고 했다. 그녀가 원하는 물건들 중 아주 먼 곳에서만 구할 수 있는 귀한 것들을 가져올 수 있는 지로 시험해보겠다고 하였다.

그 날 저녁 다섯 명의 기사들은 공주의 집 앞에 모여 차례로 피리를 연주하며 직접 쓴 연정의 노래를 선보이고 있었다. 나무꾼은 그들에게 다가가 그동안 딸에 대한 마음 하나만으로 온갖 시련과 고통을 견딘 것에 대해 위로하였다. 그러면서 공주가 원하는 것을 가져오는 사람과 결혼할 것이라는 말도 전하였다. 그들의 사랑이 진심인지를 시험해보는 마지막 과제인 셈이었다.

기사들은 흔쾌히 받아들이는 모습이었다. 누가 이겨도 감히 의문을 제기할 수 없는 공정한 방법 같았다. 달빛공주는 첫 번째 기사에게 인도로 가서 불상이 들고 있는 돌그릇을 가지고 오라 하였다. 두 번째 기사에게는 동해에 위치한 호라이 산으로 가 산꼭대기에 있는 나뭇가지를 꺾어오라고 하였다.

그 나무는 몸통은 금으로, 뿌리는 은으로 되어있으며, 모든 가지들에서 보석 열매들이 열리는 마법의 나무였다. 세 번째 기사는 중국으로 가서 불쥐를 찾아 가죽을 벗겨오는 것이 과제였다. 네 번째 기사는 머리에 큰 돌이 달린 용을 찾아야했다. 공주는 찬란한 오색 빛깔을 뿜어내는 그 신비의 돌을 갖고 싶어 하였다. 마지막 남은 기사에게는 제비를 찾아 뱃속에 들어있는 조개를 찾아오라 하였다.

나무꾼은 기사들에게 이 어려운 과제들을 전해야 한다는 사실이 몹시 미안했다. 하지만 공주의 태도가 워낙 단호하여 다른 방법이 없었다. 기사들은 거의 불가능에 가까운 과제를 전해 듣고는 완전히 좌절한 채 각자의 집으로 돌아갔다. 하지만 그것도 잠시, 공주의 모습을 떠올리는 순간 그들은 다시 기운을 되찾고는 각자의 과제를 해결하기 위해 길을 떠났다.

먼저 첫 번째 기사는 그 날 바로 불상의 돌그릇을 찾으러 인도로 떠나면서 최대한 빨리 돌아오겠다고 공주에게 전하였다. 하지만 도저히 인도까지 갈 자신이 없었다. 그 시절에는 나라 사이를 이동하는 것이 결코 쉽지 않았으며 온갖 위험이 도사리고 있었기 때문이다. 결국 그는 인도에 가는 것을 포기하고 대신 교토에 있는 사원에 들러 스님에게 엄청난 돈을 지불하여 돌그릇 하나를 구해왔다.

금보자기에 그릇을 싸서 3년을 얌전히 기다린 후에야 나무꾼의 집으로 돌아갔다. 달빛공주는 생각보다 굉장히 빨리 돌아온 기사의 모습에 깜짝 놀랐다. 그녀는 보자기에 싸인 돌그릇을 꺼내며 그 빛으로 집 안이 환해지기를 기대하였다. 하지만 그것은 진짜 돌그릇이 아니었으니 빛이 날 리가 없었다. 그녀는 잔뜩 실망한 모습으로 그를 만나기를 거부하였다. 기사는 절망하여 돌그릇을 집어 던지고는 집으로 돌아갔다. 더 이상 공주를 욕심 낼 수도 없었다.

두 번째 기사의 차례였다. 하지만 부모님께는 차마 달빛공주 때문에 떠난다는 말을 할 수가 없어 건강을 위해 다른 곳에서 한 번 살아보겠다는 핑계를 대고는 길을 떠났다. 얼른 호라이 산으로 가 금은보석으로 만들어진 나뭇가지를 가져오겠다고 공주에게 자신 있게 전하였다.

그는 하인들과 함께 길을 떠났지만 중간쯤 도착해서는 그들을 모두 돌려보냈다. 그리고는 해안가에서 작은 배 한 척에 올라탔다. 삼일 후 그는 육지에 도착했고 목수 몇 명을 고용하여 아무도 들어올 수 없는 집 한 채를 짓게 하였다. 그는 집 안에서 꼼짝도 하지 않고 여섯 명의 뛰어난 보석세공인들과 함께 금과 은으로 된 가지를 만들기 시작했다. 그는 호라이 산 위의 나뭇가지와 비교해보아도 전혀 뒤지지 않는 가지를 만들며 공주를 기쁘게 할 생각에 잔뜩 들떠 있었다. 지나가는 사람들에게 물어보니 호라이산은 실제 있는 것이 아니라 동화 속에서만 존재하는 산이라 하여 기사는 일찌감치 포기한 것이었다.

드디어 나뭇가지가 완성되었다. 그는 먼 길을 돌아온 것처럼 더러워진 옷과 얼굴에는 피곤이 가득한 모습까지 완벽히 거짓으로 꾸미고는 래커칠한 박스에 가지를 담아 공주의 집으로 향하였다. 방금 막 돌아온 듯 잔뜩 피곤에 찌들어있는 기사의 모습을 본 나무꾼은 전혀 의심 없이 그의 수고에 몹시 감격한 표정이었다.

공주에게 상자를 건네주며 그를 만나보는 것이 어떻겠냐고 물었다. 하지만 그녀는 슬픈 표정으로 말없이 앉아있을 뿐이었다. 나무꾼이 대신 상자에서 나뭇가지를 꺼내더니 이렇게 아름다운 가지는 본 적이 없다며 감탄하였다.

그 먼 호라이산까지 가서 공주가 원하는 것을 들고 온 기사의 능력을 찬양하며 용감하고 잘생기기까지 했다며 한껏 목소리를 높여 흥분하고 있었다. 공주는 나뭇가지를 들고 자세히 살펴보았다. 그러더니 아버지를 보며 누구도 그렇게 짧은 시간 안에 쉽게 호라이산의 나뭇가지를 가지고 오는 것은 불가능하다고 말하였다. 아무래도 그것은 자신이 원하던 진짜 나뭇가지가 아닌 것 같다고 하였다.

그 말을 들은 나무꾼은 가지를 들고 기사에게 가서 어디서 구해온 것이냐 물었다. 그는 표정 하나 안 바뀌고 자연스럽게 이야기를 꾸며내기 시작했다.

"2년 전 배를 타고 호라이 산으로 출발했습니다. 배는 먼 동해 바다까지 꽤 순조롭게 흘러가고 있었죠. 그런데 갑자기 비바람이 몰아치기 시작해 며칠 동안 거센 바닷물에 휩쓸려 갔습니다. 결국 배가 어느 방향으로 흘러가는지 전혀 알 수가 없었죠. 그러다가 우연히 처음 보는 섬에 닿게 되었는데 그곳에서 귀신들의 집을 발견했습니다. 그들은 저를 죽이고 잡아먹어버리겠다고 겁을 주었습니다. 너무 무서웠지만 그들을 잘 달래어 우리는 친구가 되었고 그들은 부서진 우리 배를 고쳐주기까지 했습니다. 그래서 다시 호라이산으로 떠날 수 있었습니다. 하지만 식량도 점점 떨어지고 뱃멀미에 괴로워하는 하인들이 많아졌습니다.

드디어 출발한 지 500일째 되던 날 마침내 멀리 산꼭대기가 보이는 겁니다. 가까이 가보니 그곳은 높은 산 하나가 솟아있는 섬이었습니다. 그곳에 배를 대고 며칠 둘러보던 중 환하게 빛이 나는 누군가가 내 쪽으로 다가오는 것을 발견하였습니다. 그의 손에는 황금 그릇이 들려져 있었습니다. 나는 그에게 다가가 혹시 그곳이 호라이산이냐고 물었죠."

"맞습니다. 여기가 바로 호라이산입니다!"

"은뿌리를 가진 황금나무가 있는 산꼭대기까지 올라가는데 몹시 힘들었습니다. 하지만 그곳은 신비하면서도 놀라운 것들로 가득한 곳이었습니다. 지금 당장 전부 이야기하기에는 몇날 며칠이 걸릴 정도입니다. 마음 같아서는 그곳에 며칠 더 머무르고 싶었지만 얼른 가지를 꺾어들고 돌아왔습니다. 빨리 달린다고 달렸는데도 400일이나 걸렸죠. 게다가 한참 동안 바다 위에 머물렀더니 보시다시피 제 옷은 아직도 축축한 상태입니다. 얼른 공주님께 이 나뭇가지를 가져다드리고 싶어 옷을 갈아입을 시간도 없었습니다."

하지만 그 순간 기사가 고용했던 여섯 명의 보석세공인들이 나무꾼의 집으로 쳐들어왔다. 그들은 아직 일한 대가를 받지 못했다며 공주에게 그 보상을 요구하러 온 것이었다. 그들은 금과 은으로 나뭇가지를 만들고 화려한 보석들로 열매들을 만드는 데에 1,000일 이상이 걸렸는데 여태 아무 대가도 받지 못했다고 하였다. 결국 기사의 거짓말이 들통 나고 말았다.

공주는 차라리 뻔뻔한 사기꾼의 정체를 알아낸 것을 다행으로 여기며 가짜 나뭇가지를 돌려보냈다. 그리고는 일꾼을 불러 보석세공인들에게 일한 몫의 보수를 넉넉히 챙겨주어 집으로 돌려보냈다. 하지만 잔뜩 화가 난 기사는 냅다 그들 뒤를 쫓아가 죽기 직전까지 흠씬 두들겨 패주었다. 씩씩거리며 집으로 돌아간 기사는 크게 좌절하여 속세와 단절한 삶을 살기로 결심하였다. 이후 그는 세상을 등지고 외진 산속으로 들어가 살았다고 한다.

이제 세 번째 기사의 차례가 되었다. 그는 불쥐의 가죽을 구하기 위해 중국인 친구에게 편지를 썼다. 그 쥐는 아무리 뜨거운 불속에서도 절대 몸이 타지 않는 생물체였다. 그는 친구에게 불쥐만 구해다 준다면 사례는 얼마든지 하겠다고 전하였다. 그 즉시 친구는 배를 타고 항구로 왔고 기사는 그를 만나기 위해 일주일을 꼬박 말을 타고 달렸다. 그는 상당한 액수의 돈을 주고 드디어 그 유명한 불쥐의 가죽을 손에 넣었다. 그는 집에 돌아와 가죽을 상자 안에 조심스럽게 넣어 얼른 공주에게 보냈다. 그는 공주의 반응이 궁금하여 자리를 떠나지 못하고 집 밖에서 서성대며 기다렸다.

나무꾼은 역시나 상자를 공주에게 전해주며 기사를 한번 만나 보라고 설득하였다. 하지만 공주는 고개를 저으며 일단 쥐의 가죽을 불속에 넣어보겠다고 했다. 만약 그가 가져온 것이 진짜 불쥐 가죽이라면 절대 불에 타지 않을 것이었다. 공주는 상자 속에 들어있는 가죽을 불 속에 던져 넣었다. 가죽은 불에 닿자마자 타다닥 소리를 내며 아주 잘 타는 것이었다. 세 번째 기사 역시 실패해버린 것이다.

세 명의 기사들이 실패한 것을 본 네 번째 기사는 시작도 하기 전에 이미 의욕을 반쯤 잃은 모습이었다. 머리에 오색 보석이 달린 용을 직접 찾으러 갈 생각은 애초에 없었다. 대신 하인들을 전부 불러 모아 일본과 중국 전역을 샅샅이 뒤져 용을 찾아오라고 명령하였다. 용을 찾기 전까지는 절대 집에 돌아올 생각도 하지 말라고 단단히 일러두었다.

기사의 모든 신하들과 하인들이 뿔뿔이 흩어져 길을 떠났다. 하지만 사실 그들은 주인 말을 들을 생각이 없었다. 애초에 불가능한 일이라 여겼기 때문이다. 그들에게는 단지 집을 떠나 다른 곳을 여행하는 시간이나 마찬가지였다. 아무래도 주인이 머리가 돈 것 같다며 자기네들끼리 불만을 쏟아내면서 말이다. 기사는 하인들이 반드시 용을 찾아올 것이라 굳게 믿으며 그동안 자신의 집을 수리하고 있었다. 벌써부터 공주와 결혼할 생각에 들떠 그녀와 어울릴 만큼 아름다운 곳으로 만들 생각이었다.

그로부터 꼬박 1년이 흘렀다. 하지만 신하와 하인들 중 어느 누구도 돌아온 이가 없었다. 기사는 점점 조급해지기 시작했다. 더 이상 가만히 기다릴 수가 없어 두 명의 하인을 데리고 배에 올랐다. 선장에게 용이 있는 곳으로 당장 떠나자고 했지만 그는 말도 안 되는 일이라며 명령을 들으려하지 않았다. 하지만 기사는 의지를 굽히지 않았고 결국 배는 바다 위를 나아가기 시작했다.

출발한 지 며칠도 채 되지 않아 엄청난 폭풍우를 만났다. 꽤 오랫동안 거센 비바람에 시달리던 기사는 마침내 하늘이 잠잠해질 때쯤 모든 것을 포기하기로 결심했다. 해안가로 돌아가는 것도 쉬운 일이 아니었다. 그 당시에는 제대로 된 항해술이란 것이 없던 시절이었기 때문이다. 기진맥진한 기사는 그냥 전부 다 포기하고는 드러누워 버렸다. 얼굴이 퉁퉁 부을 만큼 심한 감기에 걸려 꼼짝 않고 침대 위에 누워있어야만 했다.

총독이 그의 소식을 듣고는 심부름꾼을 보내어 그를 집으로 초대하였다. 공주 때문에 이런 고생을 한다고 생각하니 한때 열렬히 사모했던 마음이 분노로 바뀌어 갔다. 이 모든 상황이 그놈의 공주 때문이었다. 결국에는 공주가 자신을 죽게 만들기 위해 애초부터 불가능한 과제를 준 것이라 생각하기까지 하였다. 그 때 용을 찾으러 떠났던 신하들이 집으로 돌아왔다. 주인에게 잔뜩 혼이 날 것을 예상하고 돌아온 그들은 오히려 칭찬을 받고는 어안이 벙벙했다.

그는 용을 찾으러 나갔다가 병만 얻어왔다며 다시는 절대 공주의 집 근처로도 가지 않겠다고 하였다. 마지막 남은 다섯 번째 기사도 다를 것이 없었다. 뱃속에 조개를 품고 있는 제비는 어디에서도 찾을 수가 없었다. 그 때는 달빛 공주의 아름다움에 대한 소문이 황제의 귀에까지 들어간 상태였다. 황제는 궁녀 하나를 보내어 공주가 정말 소문만큼 아름다운지 확인하고 오라고 했다. 만약 소문이 진짜라면 황실로 불러 시녀로 삼을 생각이었다.

궁녀가 공주의 집에 도착했다. 하지만 공주는 나무꾼의 간절한 부탁에도 불구하고 그녀와 만나기를 거부하였다. 궁녀는 황제의 명령이라며 단호하게 나갔지만 공주 역시 만약 자신을 강제로 황실로 끌고 가려 하면 당장 이 땅 위에서 사라져버리겠다고 엄포를 놓았다.

황제는 공주가 자신과 만나기를 거부하고 있고 만약 강제로 명령을 따르게 만들면 사라져버릴 것이라는 말을 전해 듣고는 직접 그녀를 만나러 가기로 결심했다. 마치 근처에 사냥을 떠날 때의 마음으로 가볍게 공주의 집에 가볼 생각이었다. 출발하기 전 그는 미리 나무꾼에게 자신의 생각을 일러두었고 나무꾼도 그에 동의한 상태였다. 다음 날 황제는 신하들과 함께 길을 떠났다. 나무꾼의 집에 도착한 그는 공주가 시녀들과 함께 머물고 있는 방으로 곧바로 향하였다.

여태 그렇게 아름다운 여인은 본 적이 없었다. 한시도 눈을 뗄 수가 없었다. 이 땅 위에 있는 어떤 여인도 그렇게 환하고 눈부시게 빛나는 것을 본 적이 없었다. 낯선 이의 시선을 눈치 챈 공주는 얼른 도망가려 하였다. 황제는 재빨리 그녀를 붙잡으며 제발 한 마디만 들어달라고 사정하였다. 하지만 공주는 소매에 얼굴을 파묻은 채 아무 말이 없었다.

황제는 이미 공주에게 완전히 반해버린 상태였다. 자신과 함께 황실로 가면 당장 벼슬뿐만 아니라 원하는 것은 무엇이든 주겠다고 하였다. 그는 공주의 아름다움과 우아함이 이런 초라한 오두막 안에만 숨겨져 있어서는 안 되고 황실 안에서 더욱 찬란하게 빛나야 한다며 자신의 가마까지 당장 불러와 그녀를 데려갈 생각이었다. 하지만 공주는 여전히 고집을 꺾지 않았다. 자신을 억지로 끌고 가려하는 순간 당장 그림자로 변해 모습을 감춰버리겠다고 하였다. 그 말을 하는 순간 공주의 모습은 이미 형체를 잃으며 희미해져가고 있었다.

깜짝 놀란 황제는 억지로 끌고 가지 않을 테니 제발 원래 모습으로 돌아오기만 하라고 부탁하였다. 황제는 어쩔 수 없이 혼자 돌아가야만 했다. 꽤 오랜 시간이 흘러 신하들이 걱정할 참이었다. 그는 무거운 마음으로 공주에게 작별 인사를 건네고는 겨우 발걸음을 돌렸다. 아무리 생각해도 달빛공주는 이 세상에서 가장 아름다운 여인이었다. 그녀의 옆에 서는 어느 누구도 감히 비교가 안 될 정도였다.

황제는 밤낮으로 그녀 생각을 멈출 수가 없었다. 그녀에 대한 사랑이 어느 정도인지 시를 써서 공주에게 보내었다. 공주 역시 직접 지은 시로 답을 보내었다. 자신은 이 세상 누구와도 결혼할 수 없다며 부드럽고도 단호하게 거절의 뜻을 보내었다. 하지만 황제는 그녀의 시를 읽는 것만으로도 행복했다. 그맘때 나무꾼 부부는 공주가 밤마다 몇 시간 동안 하늘에 떠있는 달을 가만히 바라보고 있는 것을 눈치 챘다. 내내 근심 걱정이 가득한 표정이다가 마지막에는 항상 눈물을 터뜨리는 것이었다. 하루는 정말 큰일이라도 일어난 것처럼 서럽게 울기에 제발 무슨 일인지 털어놓아보라며 간절히 애원하였다.

한참을 울던 공주는 마침내 입을 열었다. 예전에 자신이 이 세상 소녀가 아닌 것 같다던 아버지의 말씀이 맞았다고 했다. 사실 자신은 달에서 왔으며 지구에서의 삶이 곧 끝나간다고 하였다.

8월 15일이 되면 달에서 온 사람들이 자신을 데려갈 것이라 하였다. 진짜 부모님은 달에 계신데 오랜 시간을 지구에서 보내느라 그들의 모습을 거의 잊을 지경이라 하였다. 훌륭한 양부모님과 오랜 시간 행복하게 지냈던 그곳을 떠나 원래 태어난 곳으로 돌아갈 시간이 되어 너무 슬프다며 그녀는 다시 울음을 터뜨렸다. 그녀의 말을 들은 시녀들이 몹시 슬퍼하였다. 곧 주인님과 헤어질 생각을 하니 너무 마음이 아파 밥을 먹을 수도 물을 마실 수도 없었다. 그 소식은 곧 황제의 귀에도 들어가게 되었다. 그는 공주의 집으로 사람을 보내어 소문이 진짜인지 알아보게 하였다.

  심부름꾼을 마중 나온 나무꾼은 며칠 동안 심하게 마음고생을 한 듯한 얼굴이었다. 며칠 새에 주름이 깊어져 일흔을 훌쩍 넘어 보이기까지 했다. 그는 서럽게 눈물을 쏟아내며 소문이 사실이라고 하였다. 하지만 할 수 있는 방법을 총동원해서라도 달에서 온 이들이 공주를 데려가지 못하게 막을 것이라 하였다. 심부름꾼은 황제에게 모든 사실을 빠뜨림 없이 전달하였다. 8월 15일이 되었고 황제는 나무꾼의 집에 무려 2,000명이나 되는 군사들을 보내었다. 그 중 1,000명은 지붕 위를 지키고 있었고 나머지 1,000명은 집으로 들어가는 통로는 한 군데도 빠짐없이 지키고 서있었다. 그들은 전부 철저하게 훈련된 궁수들이었다. 달빛공주는 가장 안쪽 방 안에서 머무르고 있었다.

나무꾼은 모든 하인들에게 그날 밤만큼은 누구도 잠을 자서는 안 된다고 명령을 내렸다. 경계를 늦추지 말고 주변을 살펴 누구도 공주 가까이 가지 못하게 해야 한다고 신신당부하였다. 그는 황제가 보낸 병사들의 도움과 함께 달에서 온 사람들을 막을 수 있기를 간절히 바랐다. 하지만 공주가 말하기를 아무리 많은 병사들이 지킨다 한들 자신이 떠나는 것을 막을 수는 없다고 하였다. 나라에서 가장 힘 있는 황제조차도 절대 자신을 막을 수 없다고 하였다. 아쉽고 죄송한 마음에 그녀의 눈에는 또 다시 눈물이 맺혔다. 친부모님만큼이나 큰 사랑을 주셔서 감사하고 마음만큼은 그들이 돌아가실 때까지 함께 살고 싶다고 하였다. 또한 평생 자신을 아끼고 돌봐준 은혜에 꼭 보답하겠다고도 하였다.

  드디어 해가 저물고 밤이 되었다. 하늘 높이 떠오른 보름달의 찬란한 빛이 세상을 가득 채우고 있었다. 숲속에는 정적만이 흐르고 있었다. 지붕 위의 병사들은 숨을 죽인 채 가만히 주위를 살피고 있었다. 하늘이 희뿌예지며 동이 터오고 있었다. 모두가 바란 대로 아무 일 없이 그렇게 끝나는가 싶던 찰나 보름달 주위로 두꺼운 구름이 몰려오고 있었다.

  구름은 동쪽 하늘로 움직이며 가까이 오더니 공주의 집 쪽으로 내려오고 있었다. 그 모습을 본 모든 이들이 잔뜩 충격에 휩싸였다. 금세 하늘 전체가 어두컴컴해졌다. 구름은 마침내 땅에서 3m

도 채 떨어지지 않은 지점까지 낮게 깔렸다. 구름 속에서 날개 달린 마차 한 대가 나타났고 그 안에는 반짝거리는 요정들 무리가 타고 있었다. 그들 중 우두머리처럼 보이는 한 요정이 마차에서 내리더니 자세를 취하며 큰 소리로 나무꾼을 불렀다.

"때가 되었다." 요정이 말했다.

"이제 달빛공주가 원래 태어난 곳으로 돌아가야 할 때가 되었다. 달나라에 있을 때 아주 큰 잘못을 저지르고 그 벌로 이곳에 보내진 것이었다. 당신들이 공주를 얼마나 정성스럽게 돌봐주었는지 잘 알고 있다. 그에 대한 보상은 충분히 하겠다. 대나무 안에 황금을 넣어두었다."

"우리 딸과 함께 살았던 20년 동안 이 아이는 어떤 잘못도 저지른 적이 없었습니다. 아무래도 사람을 잘못 보신 것 같습니다." 나무꾼이 말했다.

"잘못 찾아오신 게 아닌가 싶습니다만."

요정이 큰 소리로 외쳤다.

"달빛공주야. 어서 밖으로 나오거라. 이곳에서 잠시도 더 머무를 수 없다."

그 순간 공주의 방을 가리고 있던 장막이 저절로 열리는 것이 아닌가. 늘 그렇듯 아름답고 환하게 빛나는 공주의 모습이 나타났다. 요정은 그녀를 데리고 나와 마차 안에 앉혔다. 그녀는 슬픔과 연민이 가득한 눈빛으로 아버지를 바라보았다. 공주는 절대 자신이 원해서 떠나는 것이 아니라며 그를 위로하였다. 그리울 때마다 달을 쳐다보면서 자신을 떠올리면 될 것이라고 애써 슬픈 마음을 감추었다.

나무꾼은 자신도 같이 가겠다며 애원했지만 소용이 없었다. 공주는 마지막 작별 선물로 수가 놓인 자신의 겉옷을 벗어 아버지에게 건네주었다. 마차에 타고 있던 요정들 중 하나가 아주 아름다운 날개옷을 들고 있었다. 또 다른 요정은 공주에게 먹일 불로장생약이 든 작은 유리병을 들고 있었다. 달빛공주는 약을 조금 마시고 나머지를 아버지에게 드리려 했지만 요정들이 막는 바람에 그럴 수는 없었다. 날개옷이 달빛공주의 어깨 위로 드리워졌다. 그 순간 공주가 다급한 목소리로 말했다.

"잠시만 기다려다오. 황제에게 편지를 써야겠다. 아직 인간의 모습일 때 한 번 더 제대로 작별 인사를 해야겠다."

공주는 요정들의 닦달에도 불구하고 차분히 편지를 쓰기 시작했다. 그녀는 아버지에게 불로장생약이 든 유리병과 편지를 함께 드리며 꼭 황제에게 전해 달라 부탁하였다. 드디어 마차가 하늘로 올라가기 시작했다. 멀어져가는 공주의 모습을 보는 모든 이들의 눈이 촉촉하게 젖어있었다. 동이 트고 해가 떠오르며 붉어지는 하늘 한가운데로 달의 마차가 떠올랐다. 그들의 모습은 하늘 위에 두둥실 떠있는 구름들 사이로 금세 사라지고 말았다.

    달빛공주의 편지는 무사히 황제의 손에 전해졌다. 하지만 그는 감히 불로장생약을 만지기가 두려웠다. 그리하여 그는 일본에서 가장 신성한 산인 후지산으로 편지와 유리병을 함께 보내었다. 그것을 받은 황실 밀사들은 후지산 꼭대기에서 떠오르는 태양빛으로 그것들을 태워버렸다. 사람들의 말에 따르면 그 연기가 오늘날까지도 피어오르고 있다고 한다.

낚시꾼 청년

먼 옛날 해안가에 위치한 탄고 주의 작은 어촌 마을 미즈노예에 젊은 낚시꾼 우라시마 타로가 살고 있었다. 그는 낚시꾼이었던 아버지에게 고기 낚는 기술을 배웠는데 하나를 가르쳐주면 둘을 아는 아주 똑똑한 청년이었다. 곧 마을에서 가장 솜씨 좋은 낚시꾼이 된 그는 다른 사람들이 일주일 동안 잡은 물고기들을 다 합친 것보다도 더 많은 양의 물고기를 단 하루 만에 잡을 수 있었다. 하지만 그는 낚시 솜씨뿐만 아니라 고운 심성으로 훨씬 소문난 청년이었다. 여태 살아오면서 누구에게 해를 끼친 적이 한 번도 없었다. 게다가 대부분의 어린 소년들이 그렇듯 우라시마의 친구들도 종종 동물들을 괴롭히며 놀곤 했는데 혼자서 그들의 장난을 막느라 조롱을 당하기도 했다.

어느 여름날 노을이 지던 저녁 그는 낚시를 끝내고 집으로 돌아가는 길에 한 무리의 소년들과 마주쳤다. 목청 높여 떠들어대는 모습을 보니 뭔가 잔뜩 신나는 일이 있는 것처럼 보였다. 무슨 일인가 싶어 가까이 가보니 거북이 한 마리를 괴롭히고 있는 것이었다. 어떤 소년이 거북이를 이쪽으로 당기면 옆에 있던 소년이 저쪽으로 당기고, 또 다른 이들은 돌멩이로 거북이를 마구 때리거나 등껍질을 마구 내려치며 못살게 굴었다. 우라시마는 거북이를 가엾게 여기며 얼른 소년들로부터 그를 구해주어야겠다고 생각했다.

"이봐, 소년들! 거북이를 그렇게 못살게 굴면 곧 죽고 말 거야!"

아까도 말했다시피 이들은 한창 동물을 괴롭히며 노는 것을 즐기는 나이대의 아이들이었다. 우라시마의 말은 들은 체도 하지 않고 계속해서 거북이를 괴롭히고 있었다. 그 중에서도 한두 살 쯤 많아 보이는 소년이 대꾸했다.

"거북이가 죽든 살든 누가 신경이나 쓰나요? 우리도 신경 안 쓰는데. 애들아, 계속하자!"

그들은 전보다 훨씬 더 잔인하게 거북이를 괴롭히기 시작했다. 잠시 그들의 모습을 지켜보던 우라시마는 좀 더 확실한 방법으로 그들을 구슬려봐야겠다고 생각했다. 그는 얼굴에 미소를 띤 채 거북이를 자기에게 달라고 부탁했다.

"착한 소년들! 그 거북이를 나한테 주는 게 어때? 거북이 키워보는 게 내 소원이었는데 말이야!"

"아뇨. 그렇게는 안 되죠." 그 중 한 소년이 말했다.

"우리가 잡았는데 왜 아저씨한테 드려야 하죠?"

"네 말이 맞다." 우라시마가 대답했다.

"하지만 거저 달라는 것이 아니야. 대신 거북이 값으로 돈을 줄게. 그러니까 이 삼촌이 너희에게 돈을 주고 거북이를 사겠다는 말이지. 그럼 어때, 친구들?"

그는 실로 연결해놓은 동전들을 높이 들어 올리며 계속해서 소년들을 설득했다.

"자, 봐봐, 얘들아. 이 돈이면 너희가 원하는 건 뭐든 살 수 있어. 고작 그 거북이 가지고 무얼 할 수 있겠니? 이 돈으로는 훨씬 많은 것들을 할 수 있지. 자, 너희는 삼촌 말 잘 듣는 착한 아이들이지?"

그들은 그저 장난기가 많을 뿐 천성이 나쁜 아이들은 아니었다. 결국 우라시마의 상냥한 미소와 부드러운 말투에 설득당한 아이들은 "그의 정신을 본받자"라며 외치기 시작했다. 거북이를 묶은 띠를 들고 있던 꼬마 대장을 포함한 모든 아이들이 그의 주위로 몰려들고 있었다.

"좋아요, 삼촌. 정말 우리에게 그 돈을 주시면 거북이를 드릴게요."

소년들은 우라시마에게 거북이를 건네주었고 동시에 그는 소년들에게 돈을 주었다. 그들은 왁자지껄 소란을 일으키며 후다닥 흩어지더니 이내 시야에서 사라졌다. 우라시마는 거북이의 등을 부드럽게 쓰다듬어주며 말했다.

"오, 불쌍한 거북아. 고생 많았구나. 이제 너는 안전하다! 사람들이 말하기를 황새는 천 년을 산다지만 거북이는 만 년을 산단다. 그러니 너는 이 세상 어떤 것들보다도 더 오래 살 수 있지. 하마터면 저 짓궂은 소년들 때문에 위험에 처할 뻔했지만 마침 내가 지나가다가 너를 구해주었으니 얼마나 다행인 일이냐. 다시 물속으로 넣어주겠다. 앞으로는 절대 사람들의 손에 잡히면 안 된다! 이런 행운은 늘 오는 것이 아니니 말이다!"

그는 빠른 걸음으로 바닷가 쪽으로 가 바위 위에 서서는 거북이를 조심스레 물속으로 넣어주었다. 무사히 물속으로 가라앉는 거북이의 모습을 보고는 우라시마 역시 집으로 향했다. 날은 벌써 저물고 있었고 하루 종일 소년들과 상대하느라 몹시 지친 상태였다.

다음 날 아침 우라시마는 여느 때처럼 배를 타러 나갔다. 약간의 안개만 끼었을 뿐 날씨는 화창했고 하늘과 바닷물 모두 맑은 푸른색을 뽐내고 있었다. 우라시마는 그날따라 마치 꿈꾸는 듯한 기분으로 배를 몰고 깊은 바다로 나아가며 평소에 하던 대로 낚싯줄을 던졌다. 다른 낚싯배들을 지나치고 근처에 배가 하나도 보이지 않는 먼 바다까지 나아갔다. 이유는 모르겠지만 그날따라 알 수 없는 행복과 즐거움이 몰려왔다.

그는 문득 전날 자신이 놓아준 거북이처럼 수천 년 동안 살 수 있는 목숨을 가졌으면 하는 바람이 들었다. 고작 몇 십 년 사는 인간의 목숨이 아니라 말이다. 공상에 잠겨있던 그는 갑자기 자신을 부르는 목소리에 깜짝 놀랐다.

"우라시마! 우라시마!"

그 소리는 마치 종소리처럼 맑고 또렷하게, 여름 바람처럼 부드럽게 바다 위를 흐르며 울리고 있었다. 그는 혹시 가까이에 다른 배가 왔나 싶어 벌떡 일어나 주변을 둘러보았다. 하지만 근처는커녕 저 멀리에도 다른 배의 모습은 전혀 보이지 않았다. 그러니 분명 사람 목소리일리는 없었다.

대체 누가, 아니면 무엇이 자신의 이름을 그렇게 또렷하게 부르는 건가 싶어 사방을 둘러보던 그는 기척도 없이 배 옆쪽으로 올라온 거북이 한 마리를 발견하였다. 바로 전날 자신이 구해준 거북이었다.

"어제 만난 거북씨 아닌가."

우라시마가 반가운 목소리로 말했다.

"방금 나를 부른 게 자네인가?"

거북이는 몇 번이나 고개를 끄덕이며 말했다.

"그렇습니다. 어제는 덕분에 목숨을 구했습니다. 저를 살려주신 은혜에 감사드리기 위해 이곳에 왔습니다."

"오, 정말 예의바른 거북이구나. 배 위로 올라오거라. 네가 거북이가 아니라 사람이었다면 담배를 한 대 권했을 텐데 하하."

그는 실없는 농담으로 거북이를 반갑게 맞았다.

"헤헤헤헤!" 거북이 역시 그의 농담을 유쾌하게 받아쳤다.

"사실 저는 사키는 굉장히 좋아하지만 담배는 그다지 좋아하지 않죠."

"그렇군." 우라시마가 아쉬운 듯 말했다.

"사키를 챙겨 왔더라면 좋았을 텐데. 어쨌든 여기 올라와 햇빛에 등을 좀 말려라. 거북이들은 언제나 일광욕을 즐기니 말이야."

거북이가 그의 도움을 받아 배 위로 올라왔고 그들은 서로를 칭찬하며 즐거운 대화를 나누었다.

"혹시 '린 긴'이라는 용궁에 가본 적이 있습니까, 우라시마?"

낚시꾼은 고개를 저으며 대답했다.

"아니. 꽤 오랜 세월을 바다 위에서 지내며 용궁에 대해 종종 들어보긴 했지만 내 눈으로 직접 본 적은 없다. 바다 속 아주 깊은 곳에 있을 테지. 물론 그런 곳이 실제로 존재한다면 말이다!"

"정말입니까? 한 번도 용궁을 본 적이 없다고요? 그곳은 이 세상에서 가장 아름다운 풍경을 가진 곳 중 하나입니다. 말씀하신 대로 바다 속 아주 깊은 곳에 있죠. 하지만 제가 그곳으로 모시겠습니다. 오래 걸리지 않을 겁니다. 용궁을 실제로 보고 싶으시다면 제가 안내해 드리겠습니다."

"당연히 가보고 싶다! 게다가 네가 나를 안내해주겠다니 정말 고맙구나. 하지만 너도 보다시피 나는 한낱 인간일 뿐이라 너처럼 헤엄을 잘 치지 못한……"

그의 말이 끝나기도 전에 거북이가 끼어들며 대꾸했다.

"직접 헤엄치실 필요가 없습니다. 제 등에 올라타시기만 하면 그 이후로는 제가 알아서 모실 겁니다."

"하지만……"

우라시마는 여전히 망설이는 눈치였다.

"그렇게 조그만 등에 내가 어떻게 올라탈 수 있는가?"

"말도 안 되는 것처럼 들리시겠지만 가능한 일입니다. 일단 타보십시오! 정말 가능한 일인지 일단 한 번 올라 타보십시오!"

거북이의 자신감 넘치는 말투에 우라시마는 그의 등껍질을 가만히 쳐다보았다. 순간 믿기지 않을 정도로 거북이의 몸집이 거대해졌다. 남자 한 명쯤은 거뜬하게 태울 수 있을 정도였다.

"정말 희한한 일이구나!"

우라시마가 눈을 동그랗게 뜨며 말했다.

"자, 그렇다면 거북씨. 잠시 등을 좀 빌려 타겠습니다."

그는 상당히 들뜬 모습이었다.

"좋습니다."

거북이는 별 일 아니라는 듯한 표정이었다. 마치 매일 겪는 일상인 것처럼 말이다.

"천천히 출발하겠습니다."

등에 우라시마를 태운 거북이는 마침내 물속으로 들어갔다. 꽤 오랜 시간을 물 속 깊이 내려갔다. 하지만 우라시마는 전혀 지치지도 않았고 옷이 물에 젖지도 않았다. 마침내 저 멀리 화려한 모습의 문 하나가 보였다. 그리고 문 뒤에는 경사진 지붕이 길게 펼쳐져 있었다.

"이보게!" 우라시마가 거북이를 부르며 물었다.

"저기 보이는 저 문이 용궁으로 들어가는 문인가! 우리가 지금 보고 있는 것이 무엇인가?"

"린 긴 궁전으로 들어가는 문입니다. 문 뒤에 보이는 거대한 지붕이 바로 용왕이 살고 있는 곳입니다."

"드디어 용왕이 사는 궁전에 왔구나!"

우라시마가 한껏 들뜬 목소리로 외쳤다.

"그렇습니다." 거북이가 대꾸했다.

"엄청 빨리 오지 않았습니까?"

그 순간 그들은 아까만 해도 저 멀리 보이던 문 앞에 도착한 것이었다.

"자, 드디어 도착했습니다. 여기서부터는 걸어가셔야 합니다."

거북이는 우라시마를 내려주고는 문지기에게 다가가 말했다.

"이 분은 일본에서 오신 우라시마 타로이시다. 그를 모셔왔으니 궁전으로 들어가는 길을 안내해드리거라."

그 즉시 문지기 물고기가 문을 열고 들어가며 길을 안내해주었다. 빨간 참돔, 넙치, 서대기, 갑오징어를 포함한 용왕의 모든 신하들이 나오더니 예를 갖추며 우라시마를 맞이하였다.

"우라시마님, 우라시마님! 용궁에 오신 것을 진심으로 환영합니다. 먼 곳까지 오시느라 고생 많으셨습니다. 아 그리고 자네, 거북군. 우라시마님을 모시고 오느라 정말 수고 많았네."

그들은 우라시마를 바라보며 말했다.

"이쪽으로 오십시오."

엄청난 수의 물고기들이 무리지어 그를 안내하였다. 평생을 가난한 낚시꾼으로 살아왔던 우라시마는 용궁에서는 어떻게 행동해야하는지를 알지 못했다. 하지만 부끄러워하거나 당황하지 않으며 물고기들이 안내하는 곳으로 얌전히 따라갔다.

그들은 좀 더 깊숙한 곳에 위치한 궁전으로 그를 안내하였다. 입구에는 아름다운 공주와 시녀들이 그를 기다리고 있었다. 공주는 여태 본 어떤 인간들보다도 빼어난 미모를 가지고 있었다. 그녀는 빨간색과 연한 초록색이 섞인 옷을 입고 있었는데 마치 파도처럼 잔잔히 흔들리는 모습이 아주 아름다웠으며 가운에 수놓인 금실은 찬란하게 반짝이고 있었다.

어깨 위로 찰랑이는 그녀의 검은 머릿결마저 고귀했으며 물속을 잔잔하게 흐르는 그녀의 목소리는 몹시 달콤했다. 그런 공주의 모습을 보며 우라시마는 잠시나마 넋을 잃고 아무 말도 할 수가 없었다. 금세 정신이 들어 예를 갖추어야겠다고 생각하며 허리를 굽히려는 순간 그녀가 그의 손을 붙잡고는 안쪽으로 들어갔다. 공주는 그를 상석에 앉히더니 정식으로 인사를 했다.

"우라시마 타로님. 제 아버지의 궁전에 모시게 되어 정말 영광입니다." 공주가 말을 이어갔다.

"어제 당신이 거북이 한 마리를 구해주셨지요. 사실 제가 그 거북이었습니다. 제 목숨을 구해주신 데에 보답하고 싶어 이렇게 당신을 모셔오게 하였습니다. 원하신다면 불로불사의 왕국인 이곳에서 영원히 지내셔도 됩니다. 이곳에서는 따뜻한 여름날만이 계속될 것이며 슬픔 따위는 얼씬도 하지 못합니다. 그리고 허락만 하신다면 제가 당신의 부인이 되어 영원히 당신과 행복하게 살고 싶습니다."

그녀의 달콤한 목소리와 아름다운 얼굴에 여전히 넋이 나간 우라시마는 뭐라 설명할 수 없을 정도로 가슴이 벅차올랐다. 그는 혹시 이 모든 것이 꿈이 아니냐며 믿을 수 없다는 표정으로 대답하였다.

"그렇게 말씀해주시니 정말 고맙습니다. 이런 황홀한 곳에서 영원히 당신과 함께 지낼 수 있다면 더 바랄 것이 없겠습니다. 그동안 소문은 많이 들었지만 이곳에 오게 되다니! 이곳은 정말 말로 다 표현할 수 없을 정도로 아름답고 경이로운 곳입니다."

그 때 긴 예복을 갖춰 입은 한 무리의 물고기들이 궁전 안으로 들어왔다. 조심스럽게, 하지만 위엄 있는 발걸음으로 산호 접시에 담긴 맛있는 물고기들과 해초류들을 차례로 들여왔다. 누구도 감히 상상할 수 없는 화려한 연회가 신랑 신부 앞에 펼쳐지고 있었다.

둘의 결혼을 축복하기 위해 세상에서 가장 고급스럽고 화려한 것들로 꾸며진 그곳에서 모든 이들이 진심으로 기뻐하고 있었다. 아름다운 한 쌍의 남녀가 포도주잔을 들어 올리며 사랑의 맹세를 하는 순간 달콤한 음악과 노랫소리가 흐르기 시작했고 은빛 지느러미와 금빛 꼬리를 가진 물고기들이 춤을 추며 둘의 결혼을 축하하였다. 우라시마는 진심으로 행복했다. 평생 그런 멋진 연회는 처음이었다.

연회가 끝나고 공주가 신랑에게 혹시 궁전 전체를 둘러보겠냐고 물었더니 그는 한껏 들뜬 표정으로 그러겠다고 대답했다. 공주와 함께 가는 곳마다 시간이나 늙음의 흔적이라고는 전혀 없이 젊음과 기쁨만이 가득한 황홀한 풍경이 펼쳐졌다. 산호들로 지어지고 진주들로 장식된 그 궁전은 말이나 글로는 차마 다 표현할 수 없는 아름다움으로 가득 찬 곳이었다. 사실 궁전도 정말 아름다웠지만 우라시마는 그 주위를 둘러싸고 있는 정원에 마음을 더 빼앗겼다. 바로 사계절의 모습이 그 정원 안에 모두 담겨있었기 때문이다. 여름과 겨울, 봄과 가을이 각자 가지고 있는 아름다움을 한 눈에 볼 수 있었다.

우선 동쪽에는 자두나무와 벚나무들이 활짝 펴있었고 그 찬란한 분홍빛 거리 위에서 나이팅게일이 아름다운 목소리로 노래를 부르고 있었다. 꽃들 사이를 팔락거리며 날아다니는 나비들의 모습도 보였다. 남쪽에는 여름의 울창한 초록빛이 가득했다.

낮에는 매미들이, 밤에는 귀뚜라미들이 경쾌한 울음소리를 내고 있었다. 이번에는 서쪽, 가을의 단풍나무들이 마치 노을빛처럼 강렬한 붉은 빛을 자랑하고 있었다. 국화꽃 역시 만발하여 아름다움을 더하고 있었다. 마지막으로 북쪽을 보는 순간 우라시마는 살짝 놀라는 기색이었다. 온 땅이 하얀 눈으로 덮여 반짝이고 있었다. 대나무를 포함한 모든 나무들 위에 소복이 눈이 쌓여있었고 연못 역시 두꺼운 얼음으로 덮여 있었다.

우라시마는 그곳에서 지내면서 매일 새로운 즐거움과 놀라움을 경험할 수 있었다. 너무나도 행복했던 터라 다른 모든 일은 까맣게 잊어버린 상태였다. 심지어 부모님 홀로 남아 계신 자신의 집까지 말이다. 그렇게 모든 일들을 잊고 지낸지가 사흘 정도 되자 그는 갑자기 퍼뜩 정신이 들었다. 인간의 본분을 떠올리며 용궁은 자신이 더 이상 머물러있어서는 안 될 곳이라는 생각이 들었다.

"오 이런! 더 이상 이곳에서 머무를 수가 없다. 나이 드신 부모님이 집에 혼자 계시는데! 혹시나 부모님에게 무슨 일이 생겼을지도 모르는 일이다! 며칠 동안 집에 돌아가지 않았으니 얼마나 걱정하고 계실까? 지금 당장 돌아가야겠다!"

그는 서둘러 집으로 돌아갈 준비를 하였다. 그리고는 공주에게 가 고개를 숙이며 말했다.

"긴 시간동안 정말 행복에 넘쳐 살았습니다. 오토히메(공주의 이름)공주. 당신은 나에게 정말 잘 해주었습니다. 어떻게 고마움을 표현해야할지 모르겠습니다. 하지만 나는 이제 떠나야합니다. 부모님이 계신 곳으로 돌아가야 합니다."

그의 갑작스런 작별 인사에 공주는 눈물을 흘리며 말했다.

"이렇게 갑자기 떠난다니요, 우라시마. 왜 이렇게 서두르시는 건가요? 딱 하루만 더 있다 가세요!"

하지만 우라시마는 노부모를 생각하니 차마 그럴 수가 없었다. 일본에서는 나이든 부모를 보살피는 것을 다른 어떤 것보다도 중요시하기 때문이다.

"나는 떠나야합니다. 내가 원해서 떠나는 것이 아니라는 것만 기억해 주세요. 절대 그런 게 아닙니다. 나이든 부모님을 보살펴야 하기 때문에 가는 겁니다. 딱 하루만 있다가 다시 이곳으로 돌아오겠습니다."

"그렇다면 어쩔 수 없군요."

공주는 여전히 슬픔에 잠겨있었다.

"당신과 함께 하루를 더 보내고 싶지만 부모님을 돌봐드려야 하니 보내드리겠습니다. 대신 우리 사랑의 증표로 이것을 드릴 테니 절대 잃어버리지 마세요."

그녀는 우라시마에게 비단 끈과 빨간 장식술이 묶인 예쁜 상자 하나를 건네주었다. 우라시마는 이미 공주에게 너무 많은 것을 받아 더 이상 무언가를 또 받기가 미안했다.

"그동안 정말 많은 것들을 베풀어 주셨는데 또 이렇게 선물을 주다니요. 하지만 당신이 원하는 것이니 고맙게 받겠습니다."

그가 덧붙여 물었다.

"이 안에 무엇이 들었습니까?"

"그것은 다마데 바코(보석상자)입니다." 그녀가 대답했다.

"정말 귀한 것들이 들어있습니다. 하지만 무슨 일이 있어도 그 상자를 열어서는 안 됩니다! 상자를 여는 순간 엄청나게 끔찍한 일이 벌어질 것입니다! 절대 상자를 열지 않겠다고 약속해주세요!"

우라시마는 어떤 일이 있어도 절대로 상자를 열지 않겠다고 약속하고는 공주와 마지막 인사를 나누었다. 그가 해안가로 향하는 동안 공주와 시녀들이 그를 배웅하러 따라나섰다. 그곳에는 커다란 거북이가 그를 기다리고 있었다. 그는 얼른 거북이 등에 올라탔다. 뒤를 돌아보며 공주의 모습이 보이지 않을 때까지 손을 흔들었다. 며칠 전에 멀리서 처음 보았던 용궁의 모습도 점차 사라져갔다. 다시 앞을 돌아보며 얼른 고향으로 돌아가고 싶은 마음에 점점 들뜨기 시작했다. 그는 수평선 위로 솟은 파란색 언덕이 눈에 띄기만을 기다리고 있었다.

마침내 그들은 며칠 전 용궁으로 출발했던 똑같은 그 장소에 도착했다. 거북이 등에서 내려 그토록 기다리던 고향의 땅에 발을 내딛으며 주위를 둘러보았다.

거북이는 벌써 물속으로 모습을 감춘 뒤였다. 하지만 무언가 알 수 없는 두려움 같은 것이 그를 감싸기 시작했다. 그는 자신을 지나쳐가는 사람들의 모습을 빤히 쳐다보았다. 그들 역시 미심쩍다는 눈빛으로 자신을 바라보았다. 분명 지금 자신이 서있는 해변과 눈앞에 보이는 언덕들은 며칠 전 모습과 다를 것이 없었다. 하지만 사람들의 모습만큼은 너무나도 낯설었다. 아는 얼굴이 하나도 없었다. 그는 대체 무슨 일인가 싶어 부모님이 계신 집으로 서둘러 발걸음을 재촉했다. 어딘가 달라 보이긴 했지만 집은 원래 그 자리에 그대로 있었다. 그는 큰 소리로 외쳤다.

"아버지, 다녀왔습니다!"

그러면서 안으로 들어가려던 찰나 웬 낯선 남자가 집에서 나오는 것이었다.

"내가 잠시 용궁에 가있는 동안 이사를 가셨나보군."

그렇게 생각하려고 했지만 왠지 불안한 마음은 사라지지 않았다. 하지만 그 이유 역시 알 수가 없었다.

"실례합니다."

자신을 빤히 쳐다보고 있던 남자에게 물어보았다.

"며칠 전까지 이 집에서 살던 우라시마 타로입니다. 혹시 이곳에 사시던 저희 부모님이 어디로 가셨는지 아십니까?"

그는 굉장히 혼란스러워 하는 모습이었다. 우라시마의 얼굴을 뚫어지게 쳐다보며 대답했다.

"뭐라고요? 당신이 우라시마 타로라고요?"

"그렇습니다. 제가 우라시마 타로입니다!" 그가 대답했다.

"하하!" 그 남자는 알 수 없는 웃음을 터뜨렸다.

"농담도 정도껏 하시오. 옛날에 우라시마 타로라는 남자가 이 마을에 산 것은 맞지만 그건 벌써 삼백 년도 더 된 일이오. 지금까지 살아있을 리가 없지요!"

우라시마는 슬슬 무서워질 지경이었다.

"농담하지 마십시오. 지금 굉장히 당황스럽습니다. 제 이름은 우라시마 타로가 맞습니다. 삼백 년 전이라니요. 불과 사오일 전까지 여기, 바로 이 집에 살고 있었습니다. 더 이상 농담하지 마시고 부모님이 어디로 가셨는지만 말씀해 주십시오. 부탁입니다."

하지만 남자의 표정은 점점 더 심각해져갔다.

"당신이 진짜 우라시마 타로인지 아닌지는 모르겠지만 내가 아는 우라시마 타로는 삼백 년 전에 살았던 사람인 게 맞소. 당신 혹시 죽은 우라시마의 귀신이 되어 이곳으로 온 건 아니오?"

"왜 내 말을 믿지 않습니까?"

우라시마는 답답해 죽을 지경이었다.

"귀신이라니요! 이렇게 두 다리로 서있는 귀신을 본 적이 있습니까?" 그는 몸소 양 발을 땅에 구르기까지 했다.(일본 귀신들은 발이 없기 때문이다.)

"어쨌든 우라시마 타로는 삼백 년 전에 살던 사람이 맞소. 내가 아는 것은 그뿐이오. 정 못 믿겠으면 마을 연대기를 찾아보시오. 거기 다 적혀있으니." 그 말을 마지막으로 남자는 떠났다.

우라시마는 어떻게야 할지 막막했다. 답답한 마음에 주위를 한 번 더 둘러보았지만 그의 기억 속에 남아있던 마을의 모습과는 전혀 다른 모습만 눈에 보일 뿐이었다. 그제야 저 남자의 말이 전부 사실일지도 모른다는 생각이 들기 시작했다. 꿈속에 있는 듯한 기분까지 들었다. 고작 며칠 용궁에 머무르다 온 것이라 생각했는데 며칠이 아니라 몇 백 년이었다니. 그동안 부모님은 돌아가시고 마을 사람들 모두 연대기에 이름만을 남긴 채 사라진 것이다. 그러면 자신 역시 더 이상 마을에 남아있을 이유가 없었다.

그의 아름다운 부인이 살고 있는 바다 속 용궁으로 돌아가야만 했다. 그는 다시 해안가로 발길을 돌렸다. 그런데 어느 쪽으로 가야하지? 한참 그곳에서 헤맸던 탓에 해안가로 가는 방향을 전혀 알 수가 없었다. 문득 손에 쥐고 있는 상자 다마데 바코가 생각났다.

"공주가 절대 상자를 열지 말라고 했었는데. 아주 귀한 것들이 들어있다고 말이야. 하지만 지금 나는 집도 없고 모든 것을 잃은 상태이다. 어쩌면 상자에는 이 절망적인 상황을 해결할만한 것들이 들어있을 지도 몰라. 공주가 있는 용궁으로 가는 길을 알려줄 지도 모르고. 이 상자 말고는 다른 방법이 없어. 그래! 상자를 열어보자!"

그는 상자를 열어보는 것 외에는 다른 방법이 없다며 스스로 핑계를 찾았다. 천천히, 아주 천천히 빨간 비단 끈을 풀기 시작했다. 조심스럽게, 하지만 궁금증에 가득 찬 손길로 뚜껑을 들어 올렸다. 과연 그 안에는 무엇이 들어있었을까? 뚜껑을 여는 순간 예쁜 보랏빛 연기가 세 줄기 피어나왔다. 놀랍게도 그게 전부였다.

연기는 잠시 동안 우라시마의 얼굴을 감싸고 있더니 이내 하늘 위로 흘러갔다. 순간 24살의 건장하고 잘생긴 청년은 순식간에

폭삭 늙은 노인으로 변해버렸다. 허리는 꼬부라졌고 검은 머리카락은 한 순간에 백발로 변했으며 얼굴에는 주름이 가득했다. 우라시마는 노인의 모습으로 해안가에 쓰러져 죽고 말았다.

불쌍한 우라시마! 공주의 말을 듣지 않은 탓에 영원히 용궁으로 돌아갈 수가 없게 되었다.

이 책을 읽고 있는 어린이들! 너희보다 지혜로운 사람들의 말은 무조건 따라야 한다. 그렇지 않으면 슬픔과 불행이 찾아올 것이야!

농부와 오소리

 옛날 어느 외진 산속에 한 농부 부부가 살고 있었다. 주위에 이웃이라고 할 만한 것은 아주 못된 오소리 한 마리뿐이었다. 이 사악한 짐승은 밤마다 몰래 농부네 밭으로 와 부부가 정성스레 일구어놓은 야채들과 벼를 망쳐 먹지도 못하게 만들었다. 그의 무자비한 행동에 결국 농부의 밭은 성한 곳이 하나도 없게 되었다.

 평소 유순하고 착한 농부도 더 이상 그의 짓을 참고만 있을 수는 없었다. 커다란 방망이를 들고는 매일 밤낮으로 밭에 숨어 오소리가 나타나기만을 기다렸다. 하지만 모두 헛수고였다. 어쩔 수 없이 농부는 덫을 놓고 그 사악한 동물이 걸리기만을 기다리고 있었다.

 마침내 그 노력이 빛을 발했다. 어느 화창한 날 농부는 밭을 돌아보던 중 일부러 파놓은 구덩이에 오소리가 빠져있는 것을 발견하였다. 농부는 드디어 그 짐승을 잡은 것에 몹시 기뻐하며 밧줄로 꽁꽁 묶어 집으로 끌고 왔다.

"드디어 이 못된 오소리를 잡았소! 내가 일을 나가있는 동안 당신이 책임지고 이 짐승이 도망가지 못하게 감시해야 하오. 오늘 밤에 이 녀석을 끓는 물에 넣어 국을 만들 것이오."

농부가 부인에게 말했다. 그는 오소리를 창고 서까래에 매달아 놓고는 밭일을 하러 나갔다. 오소리는 자신의 몸이 끓는 물속에 떨어질 생각을 하니 온몸에 소름이 끼쳐 견딜 수가 없었다.

그곳에서 빠져 나갈 방법이 없나 한참을 곰곰이 생각했다. 하지만 거꾸로 매달려 있던 탓에 가만히 생각하는 것조차 쉬운 일이 아니었다. 바로 옆에 있는 창고 문 쪽으로 고개를 돌리니 농부의 부인이 파랗게 펼쳐진 들판과 아름답게 내리쬐는 햇빛을 바라보며 보리를 빻고 있었다. 그녀는 나이가 들어 보리를 빻는 것도 몹시 버거워 보였다. 햇볕에 검게 그을린 얼굴에는 주름이 가득했고 흘러내리는 땀을 닦느라 절구질을 자주 멈추어야했다.

"아주머니." 오소리가 부인을 불렀다.

"아주머니께서 하기에는 절구질이 너무 버거워 보입니다. 제가 대신 해드리면 어떨까요? 제 팔은 아주 튼튼하답니다! 그동안 잠시 쉬시는 게 좋을 것 같군요!"

"말만이라도 고맙구나." 부인이 말했다.

"하지만 네 말대로 할 수는 없다. 내가 너를 풀어주면 당장 도망가 버릴 테니 말이다. 그럼 남편은 네가 사라진 것을 알고 몹시 화를 내겠지."

오소리는 교활하면서도 영리한 짐승이었다. 그는 다시 한 번 부드러우면서도 안타까운 목소리로 부인을 구슬렸다.

"매정하시군요. 저를 풀어주신다 해도 절대 도망가지 않을 겁니다. 보리를 다 빻으면 아저씨가 돌아오기 전에 저를 다시 묶어두시면 됩니다. 이렇게 거꾸로 묶여있으니 너무도 고통스럽습니다. 단 몇 분만이라도 저를 풀어주시면 그 은혜는 잊지 않겠습니다."

부인은 심성이 고우면서도 단순한 성격이어서 누구를 나쁘게 생각하는 일이 없었다. 오소리가 도망가기 위해 자신을 속이는 것이라고는 꿈에도 생각하지 못했다. 게다가 오소리의 눈빛을 보니 불쌍한 마음이 들기 시작했다. 천장에 거꾸로 매달린 채 밧줄이 점점 짐승의 살갗 안으로 파들어 가는 모습을 보니 너무 안쓰러웠다. 결국 그녀는 절대 도망가지 않겠다는 오소리의 말을 철썩 같이 믿고는 밧줄을 풀어 그를 내려주었다.

부인은 오소리에게 나무 절굿공이를 건네주며 보리 빻는 법을 알려주었다. 하지만 절굿공이를 받아든 오소리는 그녀가 시킨 일을 하는 대신 냅다 부인에게 덤벼들더니 절굿공이를 마구 휘둘러 그녀를 단숨에 죽여 버렸다. 그리고는 시체를 토막 내어 끓는 물에 넣고 국을 만들어 버렸다. 이제 농부가 집에 돌아오기만 하면 된다. 그는 밭일을 하는 내내 더 이상 그 못된 오소리가 자신이 애지중지 키운 농작물들을 망칠 일이 없다고 생각하며 즐거워하고 있었다.

해가 저물자 그는 일을 마치고 집으로 향했다. 몹시 피곤했지만 집에 가서 오소리 국을 끓여 먹을 생각을 하니 없던 힘도 솟아났다. 오소리가 밧줄을 풀고 나와 부인을 죽여 국을 끓였다고는 상상도 못하고 있었다. 그동안 오소리는 부인의 모습으로 변장을 하고 있엇다. 마침내 집으로 돌아오는 농부의 모습이 보였다. 마루 위로 올라가 반갑게 그를 맞이했다.

"여보, 드디어 오셨군요. 한참 전에 오소리 국을 끓여놓고 기다리고 있었어요!"

농부는 얼른 짚신을 벗고 식탁 앞에 앉았다. 그는 자신의 밥상을 차려주는 것이 부인이 아니라 오소리라는 생각은 꿈에도 하지 못하고 얼른 국을 더 내오라고 닦달할 뿐이었다. 그 순간 오소리가 원래 모습으로 변하며 크게 소리쳤다.

"자기 부인을 먹는 남편이라니! 이 뼈들 좀 보아라!"

오소리는 농부를 한껏 비웃으며 집 밖으로 달려 나가 언덕 속 자신의 굴로 도망가 버렸다. 홀로 남겨진 농부는 대체 무슨 일인가 싶어 어안이 벙벙했다. 곧 모든 사실을 깨닫게 된 그는 눈앞에 펼쳐진 끔찍한 광경에 몸서리를 치다가 기절해버렸다.

잠시 후 정신이 든 농부는 하염없이 눈물을 흘리기 시작했다.

너무 괴로워 몸부림을 쳤다. 오소리가 부인을 죽이고 끓는 물에 넣어 국을 끓였다니. 집에서 무슨 일이 일어나는 지도 모르고 드디어 오소리를 잡았다며 혼자 그렇게 즐거워했다니. 아! 가장 끔찍한 사실은 오소리가 끓인 국을 이미 반 이상이나 먹은 것이었다.

"아, 이런! 어쩌면 좋으냐!"

그는 괴로움에 목 놓아 울부짖었다. 한편 농부의 집과 멀지 않은 곳에 아주 착하고 심성이 고운 늙은 토끼 한 마리가 살고 있었다. 그는 농부의 울음소리를 듣고는 혹시 자기가 도울 일이라도 있나 싶어 얼른 그의 집으로 가보았다. 농부에게 자초지종을 들은 토끼는 몹시 화가 났다.

부인의 죽음에 대한 복수를 할 테니 모두 자기에게 맡기라며 농부를 안심시켰다. 그제야 조금 진정이 된 농부는 눈물을 닦으며 토끼에게 감사의 인사를 전했다. 토끼는 집으로 돌아가 어떻게 오소리에게 복수할지 신중하게 계획을 짜기 시작했다.

그렇게 밤이 지나고 구름 한 점 없이 맑은 아침 토끼는 오소리를 찾아 나섰다. 숲속이나 언덕, 밭에서는 그의 모습이 보이지 않았다. 그래서 오소리의 굴로 직접 가보니 거기 숨어있는 것이었다. 농부의 집에서 도망쳐 나온 날 이후 후환이 두려워 내내 자신의 굴에 숨어있던 것이었다. 토끼가 큰 소리로 오소리를 불러냈다.

"이 날씨 좋은 날 왜 굴 안에만 있니? 나랑 같이 풀을 뜯으러 언덕 위로 가자!"

 자신의 오랜 친구인 토끼의 목소리를 들은 오소리는 의심 한 점 없이 굴 밖으로 모습을 드러냈다. 그 순간만큼은 농부와 마주칠 걱정도 하지 않았다. 그들은 달콤한 풀들이 무성하게 자라있는 꽤 멀리 떨어진 언덕에 도착해서는 겨울 내내 걱정 없이 먹을 수 있을 만큼 열심히 풀을 뜯었다. 한참이 지나고 충분히 뜯었다 싶어 풀들을 끈으로 꽁꽁 묶어 등에 들쳐 메고는 다시 집으로 발걸음을 돌렸다. 이 때 토끼는 오소리에게 먼저 앞장서서 가라고 하였다. 얼마 가지 않아 토끼는 미리 준비해온 부싯돌을 꺼내들었다. 돌을 비벼 오소리가 메고 있는 풀에 불을 붙였다. 부싯돌을 비비는 소리에 오소리가 뒤를 돌아보며 물었다.

 "무슨 칙칙 거리는 소리가 들린 것 같은데?"

 "아, 별거 아니다." 토끼가 시치미를 떼며 말했다.

 "내가 입으로 칙칙 소리를 냈을 뿐이다. 이 산의 이름이 칙칙산이니 말이야."

 불은 순식간에 오소리 등에 있는 풀 전체에 번졌다. 풀이 타닥거리며 나는 소리가 점점 크게 들리자 그는 다시 한 번 뒤를 돌아보며 물었다.

 "이건 또 무슨 소리지?"

 "지금 우리가 지나고 있는 이 산이 '타닥산'이라고 불려서 그런 것이다." 토끼는 능청스럽게 대답했다.

그쯤 되니 오소리 등에 있는 풀들이 모두 타버리고 이제 불길은 그의 털에 옮겨 붙기 직전이었다. 점점 심해지는 탄내에 오소리는 그제야 자신의 몸에 불이 붙은 것을 알 수 있었다. 고통에 울부짖으며 전속력으로 집까지 달려갔다. 토끼가 뒤따라 들어가자 그는 신음하며 바닥에 쓰러져있었다.

"아, 너는 운도 지지리 없구나." 토끼가 말했다.

"대체 어떻게 그런 일이 일어날 수 있는 거지! 내가 집에 가서 얼른 상처에 바를 약을 가져오겠다!"

토끼는 오소리에 대한 복수를 성공적으로 시작한 것에 대해 흐뭇한 미소를 지으며 굴 밖을 빠져나왔다. 그가 화상에 고통스러워하다가 그대로 죽어버렸으면 하고 바랐다. 아무 죄도 없는 착한 여인을 죽인 짐승에게는 자비를 베풀거나 그를 불쌍히 여길 필요가 없었기 때문이다.

토끼는 얼른 집으로 가 붉은 고추를 포함한 몇 가지 재료로 연고를 만들었다. 그는 연고를 들고 다시 오소리를 찾아왔다. 토끼는 연고를 보여주며 상처에 효과가 직방인 약이니 고통스러워도 꾹 참고 약을 다 발라야 한다고 미리 주의를 주었다.

오소리는 토끼의 속셈도 모르고 연신 고맙다고 인사를 하며 얼른 연고를 발라달라고 했다. 불에 덴 상처에 붉은 고추를 바르다니, 상상만 해도 등이 따끔한데 오소리의 고통은 말도 못할 정도였을 것이다. 그는 이리저리 몸부림을 치며 참을 수 없는 아픔에 울부짖었다. 토끼는 그 모습을 보며 드디어 부인의 복수를 본격적으로 시작한 것 같아 뿌듯한 마음이 들었다.

오소리는 한 달 정도를 가만히 누워 지내야했다. 화상 상처에 말도 안 되는 붉은 고추 연고를 바르긴 했지만 어찌됐든 결국은 그의 상처도 아물어갔고 점점 기력도 되찾기 시작했다. 점차 예전 모습을 회복하는 오소리를 보며 토끼는 또 다른 복수를 계획하기 시작했다.

며칠 후 오소리를 찾아가 건강을 되찾은 것에 대해 축하 인사를 전했다. 그러면서 토끼는 마침 물고기를 잡으러 가던 중이었다고 하며 이런 화창한 날씨에 물결도 잔잔한 바닷가에서 하는 고기잡이가 얼마나 재미난 일인지 신나게 떠들어댔다. 토끼가 얼마나 맛깔나게 이야기를 하는지 오소리는 그동안 아팠던 기억은 금세 잊어버리고 자기도 얼른 고기잡이를 해보고 싶었다. 그래서 다음번에는 자기도 데려가 달라고 부탁했다. 바로 토끼가 바라던 바였다.

토끼는 얼른 집으로 돌아가 배 두 척을 만들기 시작했다. 하나는 나무로 만들었고 다른 하나는 찰흙으로 만들었다. 그는 완성된 배의 모습을 바라보며 자신의 계획이 반드시 성공할 것이라 굳게 믿고 있었다. 그럼 드디어 사악한 오소리도 죽일 수 있는 것이었다.

오소리와 함께 고기를 잡으러 가기로 한 날이 되었다. 자신은 나무배를 끌고 오소리에게는 찰흙으로 만든 배를 주었다. 배에 대해서는 아무것도 모르는 오소리는 그저 자신에게도 배가 생긴 것에 마냥 기뻐하며 토끼에게 고마워했다. 드디어 물 위로 배를 띄웠다. 물가에서 어느 정도 떨어지자 토끼는 슬슬 작전을 펼치기 시작했다.

오소리에게 누가 더 빨리 배를 젓는지 내기를 하자고 하니 오소리가 덥석 미끼를 물었다. 그들은 전속력으로 노를 젓기 시작했다. 하지만 얼마 가지 않아 오소리는 자신의 배가 점점 허물어져가는 것을 볼 수 있었다. 찰흙이 점점 물러지고 있었기 때문이었다. 그는 금방이라도 물에 빠져 죽을 것 같아 고래고래 소리를 지르며 살려달라고 외쳤다. 토끼는 드디어 본색을 드러내며 오소리에게 말했다.

"네가 죽인 부인의 복수다. 네가 저지른 그 사악한 짓에 대한 복수를 처음부터 계획해왔고 이 순간만을 기다리고 있었다. 아무도 너를 물속에서 구해주지 않을 것이다."

토끼는 노를 들어 올려 있는 힘을 다해 오소리를 내려쳤다. 그는 찰흙 덩어리와 함께 강물에 휩쓸려가 다시는 그 모습을 영영 볼 수 없었다. 마침내 토끼는 농부에게 한 약속을 지킨 것이다. 그는 육지 쪽으로 배를 돌려 얼른 농부의 집으로 뛰어갔다.

오소리에게 어떻게 복수하여 결국 죽여 버렸는지 모든 이야기를 들려주었다. 농부는 눈물을 글썽거리며 토끼에게 고맙다고 하였다. 여태 부인의 원통한 죽음에 한숨도 잠을 못 잤는데 이제 모든 것이 해결되었으니 예전처럼 밥도 잘 먹고 잠도 잘 잘 수 있겠다고 하였다. 고마움의 표시로 그는 토끼에게 집에서 함께 살자고 하였다. 그 이후로 둘은 좋은 친구로 영원히 그 집에서 즐겁게 살았다고 한다.

라쇼몬 도깨비

아주 오래 전 옛날 교토 사람들은 아주 끔찍한 도깨비에 대한 소문으로 골머리를 앓고 있었다. 사람들의 말에 따르면 그는 저녁마다 라쇼몬 문 앞을 서성이며 지나가는 사람을 납치한다는 것이었다. 실종된 사람들은 영영 다시 나타나지 않았고 그리하여 도깨비가 사람을 잡아먹는다는 소문까지 나돌고 있는 상황이었다. 교토에 사는 모든 이들이 잔뜩 겁에 질려 해가 진 이후로는 라쇼몬 문 근처에는 얼씬도 하지 않았다.

한편 그 시절 라이코라는 이름의 장군이 교토에 살고 있었는데 용맹함으로 잘 알려진 인물이었다. 그 전에도 이미 그의 존재가 유명해진 계기가 있었는데 도깨비 무리가 살고 있는 우에야마를 공격한 적이 있었기 때문이다. 그들은 포도주 대신 인간의 피를 마시는 도깨비들이었는데 라이코가 그 우두머리의 목을 베어버림으로서 그들을 항복시켜버렸다. 이 용감한 장군을 모시며 따르는 다섯 명의 기사들이 있었는데 그들의 패기와 기상도 라이코

못지않았다.

어느 날 저녁 기사들은 둘러앉아 여러 가지 물고기 요리와 함께 사키를 마시며 이런 저런 이야기들을 나누고 있었다. 그 중 호조라는 이름을 가진 기사가 나머지 넷을 보며 말했다.

"매일 저녁마다 라쇼몬 문 근처에 도깨비가 나타난다는 소문을 들었는가? 그곳을 지나다니는 사람들을 모조리 납치한다고 하던데?"

그러자 와타나베라는 이름의 기사가 대꾸하였다.

"말도 안 되는 소리이다! 도깨비들은 이미 우에야마에서 라이코 장군 손에 모두 죽었다. 혹시나 그 때 도망친 도깨비가 있다 한들 감히 이곳으로 다시 올 용기가 있겠는가? 아직 자신들이 살아 있는 것을 알면 장군이 가만 두지 않을 것을 잘 알고 있을 텐데 말이다."

"지금 내가 거짓말을 한다는 것인가?"

"아니. 그런 말이 아니다." 와타나베가 덧붙여 말했다.

"늙은 여인네들이 떠드는 소리를 지나가다 들은 것이겠지."

"그럼 직접 가보는 것이 제일 확실한 방법이겠군. 자네가 라쇼몬 문으로 가서 내 말이 사실인지 아닌지 확인해 보면 되겠군." 호조가 말했다.

와타나베는 그가 자신을 겁쟁이라고 생각하는 것을 참을 수가 없었다.

"알겠다. 당장 가서 직접 확인하고 오겠다!"

호조의 말이 끝나자마자 자신 있다는 듯 대답했다. 와타나베는 서둘러 길을 떠날 채비를 마쳤다. 갑옷을 입고 검을 허리춤에 차고는 커다란 투구를 썼다. 떠나기 전 나머지 기사들을 바라보며 말했다.

"내가 그곳에 다녀왔다는 것을 어떻게 증명하면 되겠는가?"

그들 중 하나가 두루마리 종이 한 장과 먹물, 붓이 담긴 상자를 가져왔다. 네 명의 기사들이 종이 위에 각자 이름을 썼다.

"이것을 가져가면 되겠다." 와타나베가 말했다.

"이것을 라쇼몬 문에 걸어둘 테니 내일 아침 자네들이 와서 확인하면 되겠군. 그때쯤이면 아마 내가 도깨비 하나, 아니면 둘 정도는 거뜬히 잡아 놓았을 것이다."

그 말을 끝으로 와타나베는 말에 올라타고 당차게 출발하였다. 하필 달도 별도 없는 깜깜한 한밤중이었다. 설상가상으로 거센 비바람까지 몰아치기 시작했다.

엄청난 비가 쏟아지고 바람은 마치 늑대가 울부짖는 듯한 소리를 내며 휘몰아치고 있었다. 보통 사람들 같으면 밖에 나갈 엄두도 못 냈을 것이다. 하지만 겁 없고 용맹한 와타나베는 자신이 내뱉은 말을 지키기 위해서라도 그곳으로 가야만 했다.

그는 점점 더 속도를 냈다. 나머지 기사들은 이내 말발굽 소리가 전혀 들리지 않자 문을 굳게 걸어 잠그고는 난롯불 주위에 둘러 앉아 과연 무슨 일이 일어날지, 정말 와타나베가 도깨비와 마주칠지 궁금해 하며 수군거렸다. 마침내 와타나베는 라쇼몬 문에 도착하였다. 하지만 깜깜한 어둠 속 도깨비 흔적이라고는 전혀 찾을 수가 없었다.

"이럴 줄 알았다." 그는 혼잣말을 중얼거렸다.

"이곳에 도깨비가 있을 리가 없지. 늙은 여인네들이 떠드는 헛소문이었을 뿐이다. 어쨌거나 이 종이를 문 위에 걸어 놓으면 내가 다녀갔다는 것이 증명되겠지. 돌아가서 잔뜩 비웃어줄 일만 남았군."

그는 기사들의 이름이 적힌 종이를 문 위에 걸고는 왔던 길 쪽으로 말의 방향을 틀었다. 그 순간 등 뒤에서 인기척이 느껴졌다. 당장 멈추라는 목소리와 함께 투구를 붙잡는 손길이 다가왔다. 하지만 와타나베는 전혀 두려워하지 않았다.

"누구냐?" 그는 자신의 투구를 잡고 있는 것이 누구, 혹은 무엇인지 손으로 더듬거려보았다. 팔뚝 같은 것이 만져졌다. 두께는 나무 몸통만 했고 손끝에는 수북한 털도 느껴졌다. 그것은 틀림없는 도깨비의 팔이었다.

와타나베는 당장 검을 빼어들고 그것을 단번에 베어버렸다. 비명소리가 들리더니 곧 도깨비가 그의 앞으로 돌진해왔다. 순간 와타나베의 눈이 휘둥그레졌다. 도깨비는 라쇼몬 문보다도 훨씬 덩치가 컸고 마치 햇빛에 반짝거리는 거울 조각 같은 날카로운 눈빛으로 자신을 쏘아보고 있었다. 그가 숨을 내쉴 때마다 거대한 입에서는 불기둥이 뿜어져 나왔다.

도깨비의 예상과는 전혀 다르게 와타나베는 움찔하는 기색도 전혀 없었다. 그는 온 힘을 다해 도깨비를 공격하였고 둘 사이에 본격적인 대결이 펼쳐졌다. 결국 그를 무찌르기는커녕 겁먹게 하는 것도 불가능하다고 여긴 도깨비는 냅다 도망가기 시작했다. 하지만 와타나베는 그조차 봐줄 생각이 없었다. 당장 말에 올라타고는 그를 쫓기 시작했다. 하지만 안타깝게도 도깨비의 속도를 따라갈 수는 없었다.

도깨비는 어느 순간 눈앞에서 사라져 버렸고 와타나베는 잔뜩 실망한 채 돌아올 수밖에 없었다. 그는 다시 말을 타고 라쇼몬 문으로 돌아왔다. 말에서 내리는 순간 무언가가 발에 걸려 휘청하고 말았다. 뭔가 싶어 허리를 숙여 보니 좀 전에 검으로 베어버린 도깨비의 팔이었다. 그와의 결투를 증명해보일 수 있는 것으로 그보다 더 좋은 것이 없었다. 잔뜩 신이 난 와타나베는 마치 상패라도 되는 냥 조심스럽게 팔을 들고 기사들이 있는 곳으로 돌아갔다.

그가 동료들에게 도깨비의 팔을 보여주니 모두가 그를 대단한 영웅이라 찬양하며 성대한 잔치를 벌였다. 그의 영웅담은 곧 교토 전역으로 퍼져 나갔다. 도깨비의 팔을 보러 아주 먼 곳에서까지 사람들이 구경을 올 지경이었다. 하지만 이제 와타나베는 그 팔을 어떻게 무사히 보관해야 할지가 걱정이었다.

아직 그 도깨비가 살아있었기 때문이다. 조금만 지나면 두려움이 사라진 도깨비가 팔을 찾으러 올 것 같았다. 그리하여 가장 단단한 나무를 잘라 상자를 만들고 철사로 그 주위를 둘둘 감았다. 상자 안에 팔을 넣고는 엄청나게 무거운 뚜껑을 덮어 누구도 열지 못하게 만들었다. 방 깊숙이 상자를 꽁꽁 숨겨두고는 자신만이 볼 수 있는 곳에 놓아두었다. 그러던 어느 날 밤 누군가가 문을 두드리는 소리가 들렸다.

하인이 나가보니 점잖아 보이는 늙은 여인 하나가 서있었다. 누구이며 무엇 때문에 왔냐 물으니 여인은 미소를 띠며 와타나베가 어릴 적 돌보았던 유모라 대답하였다. 그가 집에 있으면 잠시 뵙게 해달라고 정중하게 부탁하였다.

하인은 잠시 여인을 기다리게 하고는 와타나베에게 갔다. 옛날에 자신을 돌봐주었던 유모가 뜬금없이 이 한밤중에 찾아왔다는 것이 의아했다. 하지만 그의 기억 속 유모는 마치 친 어머니처럼 따뜻하게 대해주었던 존재여서 왠지 반가운 마음도 들었다. 그는 하인을 시켜 그녀를 들어오게 하였다. 방으로 들어온 여인은 그에게 예의를 갖추어 인사하였다.

"라쇼몬 문에서 있었던 도깨비와의 결투에 대한 소문이 이 비천한 유모의 귀에도 들려왔습니다. 주인님께서 그의 팔 한 쪽을 베어버렸다는 것이 정말 사실입니까? 사실이라면 정말 엄청난 일을 하신 겁니다!"

"팔 한쪽만 베어버린 것에서 끝난 것이 몹시 아쉬웠다."

와타나베가 말을 이어갔다.

"포로로 잡아왔어야 하는데 말이다!"

"정말 자랑스럽습니다." 노인이 말했다.

"제 주인님이 도깨비의 팔을 베어버릴 만큼 용맹하고 대담한 분이라는 것이 말입니다. 이 세상 어느 누구도 감히 주인님에 비할 자가 없을 것입니다. 그나저나 제가 죽기 전에 그 팔을 한번만이라도 보고 싶습니다."

그녀가 간절한 목소리로 애원하였다.

"그건 안 된다." 와타나베가 단호하게 말했다.

"미안하지만 그 부탁만큼은 들어줄 수가 없다."

"왜 안 되는 것입니까?" 노인이 물었다.

"왜냐하면 말이다." 와타나베가 대답했다.

"도깨비들은 복수심이 엄청 강하여 내가 이 상자를 여는 순간 어디서 갑자기 튀어나와 팔을 들고 도망갈지 알 수가 없다. 그리하여 일부러 엄청 단단하고 무거운 상자를 만들어 보관해두었다. 무슨 일이 있어도 절대 어느 누구에게도 보여주지 않을 것이다."

"충분히 이해가 됩니다." 노인이 말했다.

"하지만 저는 한낱 유모일뿐입니다. 저에게만 잠깐 팔을 보여주시는 것도 안 됩니까? 주인님의 엄청난 승리를 소문으로 듣고는 빨리 이곳을 찾아와 팔을 보여 달라고 부탁하기를 엄청 기다리고 있었습니다."

와타나베는 점점 난감해졌지만 여전히 고집을 꺾지는 않았다. 그러자 노인이 말했다.

"혹시 저를 도깨비가 보낸 첩자로 의심하시는 겁니까?"

"당연히 아니다. 도깨비가 보낸 첩자라니 말도 안 된다. 너는 내 유모일뿐인데."

와타나베가 손사래를 치며 대답했다.

"그럼 더 이상 제 부탁을 거절하실 이유도 없지 않습니까."

노인은 포기하지 않고 한 번 더 간절한 목소리로 애원하였다.

"제 눈으로 직접 도깨비의 팔을 보는 것이 평생소원입니다!"

와타나베는 더 이상 못 들은 척 할 수가 없었다. 결국 그는 마지못해 그녀의 부탁에 응하고 말았다.

"정 소원이라니 너에게만 살짝 도깨비의 팔을 보여주겠다. 나를 따라오너라!"

그는 노인을 방으로 안내하였다. 와타나베는 문을 걸어 잠그고 구석에 숨겨두었던 상자 앞으로 가 뚜껑을 들어 올렸다. 노인에게 직접 가까이 와서 보라고 하였다. 그는 한번도 상자에서 팔을 꺼낸 적이 없었기 때문이다.

"도깨비의 팔이 대체 어떻게 생겼는지 드디어 보게 되는군요!"

노인은 기대에 가득 찬 표정이었다. 그녀는 궁금해 하면서도 살짝 겁이 난다는 표정으로 조심스럽게 상자 앞으로 다가갔다. 그러더니 갑자기 상자 안으로 손을 쑥 집어넣어서는 팔을 꺼내며 방이 떠나갈 정도로 크게 소리치는 것이었다.

"오! 정말 기쁘다! 드디어 잃어버렸던 내 팔을 찾았구나!"

그 순간 여인의 모습은 온데간데없이 사라지고 무시무시한 거인이 우뚝 솟아있었다. 와타나베는 너무나도 놀라 꼼짝도 못하고 그 자리에 얼어붙었다. 이내 라쇼몬 문에서 자신과 맞붙었던 거인이라는 것을 알아채고는 이번에야말로 정말 끝을 내야겠다고 생각했다. 그는 순식간에 검을 뽑아들고는 거인을 단숨에 베어버리려 했다.

눈 깜짝할 새에 일어난 일이라 거인은 빠져나갈 방법이 없어 보였다. 하지만 그 순간 거인은 천장 쪽으로 크게 뛰어 오르더니 지붕을 뚫고 곧 자욱한 안개 속으로 사라져 버렸다. 결국 거인은 잃어버렸던 자신의 팔을 되찾아 무사히 도망칠 수 있었다.

    와타나베는 영 못마땅한 얼굴로 바득바득 이를 갈고 있었다. 그 외에는 할 수 있는 것이 전혀 없었다. 다시 한 번 거인을 물리칠 기회만 엿보고 있었다. 하지만 거인은 다시는 교토에 나타나지 않았다. 와타나베의 엄청난 힘과 용맹함에 잔뜩 겁을 먹었기 때문이다. 어쨌든 그 덕분에 마을에는 평화가 찾아왔고 날이 저문 후에도 사람들은 아무 걱정 없이 밖을 나갈 수 있었다. 와타나베의 위대한 업적도 영원히 사람들의 기억 속에 남아있었다.

마츠야마의 거울

 오래 전 옛날 일본 중에서도 외진 지역인 에치고 주에 한 부부가 살고 있었다. 그들은 딸 하나를 키우고 있는 결혼한 지 몇 년 된 부부였다. 그녀는 부부의 기쁨이자 자랑거리였으며 나이가 들어갈수록 온 가족이 더욱 화목하고 행복하게 살았다.

 그녀가 아기였을 때부터 커가는 내내 잊지 못할 날들이 계속되었다. 태어난 지 30일이 막 되었을 무렵 부인은 전통 기모노를 차려입고 딸과 함께 절로 향했다. 집의 수호신에게 비호를 받게 하기 위해서였다. 딸과 처음 함께 하는 인형 축제에서는 인형 꾸러미들과 자신이 가지고 있던 물건들을 선물로 주었으며 해가 지날수록 딸의 방에는 더 많은 인형들이 자리를 채워갔다. 그리고 딸의 세 번째 생일은 아마 평생 기억될 날들 중 하나일 것이다.

 진홍색과 금색으로 된 오비 띠(넓은 양단 띠)를 처음 그녀의 허리에 둘러준 날이었기 때문이다. 그 띠를 두르는 것은 여자 아이가 어린 시절을 벗어나 숙녀가 됨을 의미하는 것이다. 이제 그녀는 7살이 되어 말하는 법도 배우고 부모를 공경하여 기쁘게 하는 법도 배웠다. 부부의 기쁨은 날로 더해졌다. 일본 전체에 그들만큼 행복한 가족도 없었다.

어느 날 가족에게 아주 기쁜 일이 생겼다. 예고 없이 찾아온 일이었지만 아버지가 나라의 부름을 받아 교토에 가게 되었기 때문이다. 지금에야 고속철도 같은 교통수단을 통해 먼 지역 사이를 이동하는 것이 일도 아니지만 그 시절에는 마츠야마에서 교토까지 가는 것이 상당히 힘든 일이었다. 마차로 가기에도 울퉁불퉁 험한 길을 평민들은 직접 걸어서 이동해야했다.

아무리 거리가 멀어도 그 외에는 방법이 없었기 때문이다. 좀 더 구체적으로 비교를 하자면 그 시절 마츠야마에서 교토까지 가는 것은 지금 일본에서 유럽까지 배를 타고 이동하는 것만큼 힘들고 고생스러운 일이었다. 그 때문에 부인은 걱정이 이만저만이 아니었다.

남편의 긴 여정을 준비하며 앞으로 훤한 고생길을 걱정하였다. 자신도 함께 따라가고 싶었지만 어린 딸을 데리고 가기에는 너무도 먼 길이었다. 게다가 일본에서는 결혼한 여자들이 집에서 잠자코 아이를 돌보는 것이 당연한 의무였다. 마침내 남편은 떠날 준비를 모두 마쳤다. 그들은 현관에 서서 마지막 작별 인사를 나누고 있었다.

"걱정하지 마시오. 금방 돌아올 것이니."

남편이 부인을 안심시키며 말했다.

"내가 나가있는 동안 잘 지내시오. 특히 우리 딸을 잘 돌봐주길 바라오."

"그럼요. 우리 걱정은 말고 몸 건강히 잘 다녀오세요. 대신 원래 돌아오기로 한 날은 꼭 지켜 오셔야합니다."

부인이 닭똥 같은 눈물을 흘리며 말했다. 어린 딸은 슬퍼하는 부부 사이에서 혼자 미소를 띠고 있었다. 그녀는 헤어짐의 슬픔을 알기에는 아직 너무 어렸다. 어쩌면 먼 교토로 가는 것을 평소처럼 옆 동네에 놀러가는 것쯤으로 여겼을 지도 모르는 일이었다. 그녀는 아버지 옆에 달라붙어 소매를 잡아 당겼다.

"아버지가 돌아오실 때까지 얌전히 잘 지내고 있겠습니다. 대신 오실 때 선물은 잊지 마세요."

남편은 좀처럼 발이 떨어지지 않아 마지막으로 한 번 더 울고 있는 부인과 미소 짓고 있는 딸을 쳐다보았다. 그 순간 마치 뒤에서 누가 머리카락을 잡아당기는 듯한 느낌이 들었다.

그렇게 한참을 떨어져있는 경우는 처음이라 쉽지 않은 이별이었다. 하지만 반드시 가야만 하는 일인 것을 남편도 잘 알고 있었다. 그들에게서 겨우 고개를 돌리고는 얼른 정원을 지나 집밖으로 나왔다. 부인은 딸의 손을 잡고 문밖으로 달려 나와 남편이 떠나는 모습을 끝까지 지켜보았다. 가로수들을 지나 남편의 뾰족한 모자 끝이 시야에서 사라질 때까지 그를 배웅하였다.

"이제 아버지가 정말 떠나셨구나. 돌아오실 때까지 우리끼리 무사히 잘 지내야 한다."

부인이 집으로 발길을 돌리며 말했다.

"네. 말 잘 듣는 아이가 되겠습니다."

딸은 고개를 끄덕이며 대답했다.

"아버지가 돌아오시면 제가 얼마나 착한 아이로 잘 지냈는지 꼭 말해 주세요. 그럼 아버지가 선물을 주실 거예요."

"분명 네 맘에 쏙 드는 선물을 사 오실 것이다. 내가 미리 네가 좋아하는 인형으로 사오시라고 말을 해두었단다. 그러니 너는 매일 아버지를 생각하며 무사히 돌아오시도록 정성스레 기도만 하면 된다."

"알겠습니다. 벌써부터 아버지가 돌아오셨으면 좋겠어요."

아이는 박수까지 치며 신난다는 표정이었다. 그런 딸의 모습을 볼수록 어머니는 점점 더 딸을 사랑할 수밖에 없었다.

부인은 이제 세 식구의 겨울옷을 만들기 시작했다. 일단 작은 목재 물레를 꺼내어 실을 짰다. 일 하는 중간 틈틈이 딸에게 여러 가지 놀이도 가르쳐주고 옛날이야기도 들려주었다. 그 덕분에 남편의 빈자리를 견딜 수 있었다.

생각보다 시간은 빠르게 흘러갔고 어느덧 남편도 집으로 돌아올 때가 되었다. 그를 잘 모르는 사람이었다면 아마 알아보지 못했을 것이다. 거의 한 달을 밖에서만 돌아다닌 탓에 온 몸이 검게 그을렸기 때문이다. 하지만 부인과 딸은 한번에 그를 알아볼 수 있었다. 당장 달려가 소매를 붙잡고 껴안으며 반가워하였다.

서로가 무사한 것을 살피며 한참을 기뻐했다. 그는 마침내 집으로 돌아가 낡은 짚신을 벗고 커다란 우산을 내려놓고는 익숙한 거실에 드러누웠다. 그가 떠나있는 동안은 아무도 찾지 않은 한적하고 고요했던 곳이었는데 드디어 주인이 돌아왔구나!

부인과 딸까지 깔개 위에 자리를 잡고 앉자 남편은 들고 온 대나무 바구니를 열었다. 그 안에는 아주 예쁜 인형과 케이크가 가득 들어 있는 상자가 들어 있었다.

"여기 네 선물이다."

그는 먼저 딸에게 인형을 건네주었다. 그 동안 이 집과 어머니를 잘 보살펴드린 것에 대한 상이다.

"고맙습니다, 아버지."

아이는 땅에 닿을 듯 고개를 숙이며 잔뜩 기대한 표정으로 단풍잎 같은 손바닥을 쫙 펼치며 인형을 손에 쥐었다. 여태 그렇게 예쁘고 맘에 드는 인형은 처음이었다. 그 순간 어린 소녀의 기쁨과 흥분은 말로 표현할 수 없을 정도였다. 너무나도 행복해 다른 것을 보거나 생각할 겨를이 전혀 없었다. 남편은 한 번 더 대나무 바구니 속으로 고개를 집어넣었다. 이번에는 빨간색과 흰색의 끈으로 정성스럽게 묶인 나무 상자를 꺼내며 부인에게 건네주었다.

"이것은 당신 선물이오."

상자를 열어보니 손잡이가 달린 둥근 모양의 금속 물체가 들어있었다. 한쪽은 마치 수정처럼 반짝이고 있었고 반대쪽은 실제 모습과 똑 닮은 소나무와 황새 그림이 새겨져 있었다. 태어나서 쭉 에치고에서만 살았던 그녀에게는 상당히 낯선 물건이었다. 반짝거리는 쪽을 가만히 들여다보니 자신을 쳐다보고 있는 또 하나의 여인이 보였다. 호기심 가득한 표정으로 그녀가 물었다.

"이 안에 있는 누군가가 나를 쳐다보고 있어요! 이게 대체 무엇인가요?"

남편이 웃음을 터뜨리며 대답했다.

"그 여인은 바로 부인 당신이오. 그것은 거울이라는 것인데 누구든 반사된 자신의 모습을 볼 수 있지. 여기서는 아직 아무도 거울을 사용하지 않지만 교토에서는 꽤 오래전부터 사람들이 들고 다녔소. 그곳에서는 거울이 여인에게 필수품처럼 여겨지는 것이오. 고대 속담에도 이런 말이 있잖소. '검이 사무라이의 영혼이라면 여인의 영혼은 거울이나 마찬가지다.' 또한, 전설에 따르면 거울은 여인들의 마음을 반영하는 물건이나 마찬가지라 하오. 거울을 깨끗하고 밝게 보관하는 주인의 마음 역시 선하고 순수한 것이랍니다. 게다가 거울은 황제의 휘장에 그려진 보물 중 하나이기도 하오. 그러니 거울을 아주 소중히 여기고 조심스럽게 다루어야 합니다."

부인은 남편의 말을 새겨들으며 새로 알게 된 거울이라는 물건을 가진 것에 대해 기뻐하였다. 멀리 떨어져있는 동안 자신을 생각해 사온 선물이라 더욱 의미가 깊었다.

"만약 거울이 내 마음과 영혼을 반영하는 것이라면 그 가치는 정말 귀한 것이니 소중히 다루어야겠습니다."

부인은 거울을 머리 위로 들어 올리며 남편에 대한 고마움을 표시했다. 그리고는 다시 상자에 넣어 조심스럽게 옆으로 옮겨 놓았다. 남편은 상당히 지쳐있는 상태였다. 부인은 남편이 편히 쉴 수 있게 자리를 마련하고 얼른 저녁식사도 준비하였다. 그렇게 길게 떨어져있던 적은 처음이라 그들은 다시 한 자리에 모인 것을 몹시 기뻐하였다. 저녁 내내 남편은 교토에서 보고 들은 것들을 이야기하느라 시간이 부족할 지경이었다.

그렇게 한동안 시간이 흘러갔다. 마침내 부부가 간절히 바라던 날이 되었다. 딸이 어린 시절을 무사히 보내고 어느덧 아름다운 16살의 소녀가 된 것이었다. 값비싼 보석이 주인의 손에서만 그 가치를 가지듯 그들의 딸도 부모의 보살핌과 사랑 아래에서 아름답게 성장한 것이다.

어머니에게는 큰 위로가 되는 존재이자 아버지에게는 엄청난 자랑거리인 딸이었다. 마치 부인을 처음 만났을 때의 모습과 똑 닮은 딸은 어느덧 자라 어머니를 도와 집안일도 척척 하는 아주 훌륭한 딸이 되었다. 아! 하지만 이 세상에서 영원히 존재하는 것은 아무것도 없다. 심지어 달조차 그 모양을 영원히 유지하는 것이 아니라 시간에 따라 이지러졌다가도 다시 차오르고, 예쁜 꽃 역시 활짝 피었다가도 시드는 것처럼 말이다.

영원히 행복할 것만 같던 이 가족에게도 큰 슬픔이 닥치고 말았다. 평생을 착하게 살아온 부인이 심각한 병에 걸리고 만 것이었다. 처음에 남편과 딸은 그저 감기인 줄 알고 크게 걱정하지 않았다. 하지만 시간이 지나도 나을 기미가 없자 의사를 데려왔지만 그 역시 병명을 알지 못했다. 오히려 병은 점점 더 심해져갈 뿐이었다. 부녀는 어쩔 줄 몰라 크게 슬퍼하였고 딸은 밤낮으로 어머니 곁을 떠나지 않고 그녀를 간호하였다. 하지만 그들의 노력에도 불구하고 아무래도 그녀의 병은 나을 것 같지가 않았다.

어느 날 딸은 누워있는 어머니 옆에 앉아 슬픈 표정을 감추며 애써 미소를 짓고 있었다. 어머니는 힘들게 몸을 일으켜 세워 딸의 손을 잡고는 그녀의 눈을 가만히 쳐다보았다. 가쁜 숨을 내쉬며 간신히 입을 열었다.

"딸아. 아무래도 나는 오래 못 살 것 같구나. 내가 죽고 나면 아버지를 잘 보살펴 드리며 선하고 착실한 여인이 되겠다고 약속해 다오."

"오, 어머니." 딸은 눈물이 그렁그렁했다.

"그런 말씀 마세요. 얼른 기운 차리셔서 일어나셔야죠. 그렇게만 되면 아버지와 저는 더 바랄 게 없습니다."

"알고 있다. 요 며칠 내가 회복하기를 간절히 바라는 네 모습을 보는 것만으로도 내게 큰 위로가 되었다. 하지만 아무래도 나는 여기까지인 것 같다. 너무 슬퍼하지 말거라. 내 삶은 이미 이쯤에서 끝날 운명인 것이다. 태어날 때부터 그렇게 정해진 것이니 그 운명을 받아들일 것이다. 대신 네게 줄 것이 있다. 그것만 있으면 내가 죽고 나서도 영원히 나를 기억할 수 있을 것이다."

어머니는 베개 옆으로 손을 넣어 비단 끈과 장식술로 묶인 나무 상자를 하나 꺼내었다. 조심스럽게 끈을 풀어 상자를 열고는 거울을 꺼냈다. 몇 년 전 남편이 교토를 다녀오며 선물로 사다준 그 거울이었다.

"네가 어릴 적 아버지께서 교토에 다녀오시며 내게 선물로 사주셨던 것이다. 내가 죽기 전 이것을 너에게 주고 싶구나. 내가 그리울 때 이 거울을 꺼내어 들여다보면 내 모습이 보일 것이다. 그러니 언제든 내가 그리우면 이 거울을 보면서 네 속마음을 다 털어놓아도 된다. 차마 내가 말을 하지는 못하지만 무슨 일이 일어나든 너의 마음을 이해하고 달래줄 수는 있을 테니 말이다."

어머니는 딸에게 거울을 건네주었다. 그제야 어머니는 안심이 된다는 표정이었다. 그리고는 더 이상 어떤 말도 남기지 않고 조용히 눈을 감았다. 남편과 딸은 한동안 깊은 슬픔에 잠겨 다른 어떤 일도 할 수가 없었다. 너무나도 사랑했던 부인, 그리고 어머니와 영원히 작별을 하고 땅에 묻기에는 아직 그녀의 죽음이 실감나지 않았다. 하지만 역시 시간이 약인 법. 그들은 점차 정신을 차리고 일상으로 돌아오기 시작했다. 하지만 딸에게는 좀 더 시간이 필요하긴 했다.

시간이 지나도 어머니에 대한 그리움은 줄어들지가 않았다. 그녀와 함께 했던 시간들은 마치 어제 일처럼 여전히 생생했다. 비가 오거나 바람이 부는 것조차 어머니와 함께 했던 기억들을 떠올리게 만들었다.

하루는 아버지가 일을 나가시고 혼자 집안일을 하고 있는데 갑자기 참을 수 없을 만큼 쓸쓸함과 슬픔이 몰려와 어머니 방에서 펑펑 울고 말았다. 단 한번만이라도 어머니의 얼굴을 보고 자신을 다정하게 부르던 목소리를 들을 수만 있다면 더 바랄 것이 없었다. 하다못해 잠시라도 어머니에 대한 그리움을 잊을 수만 있다면 좋을 것 같았다. 갑자기 그녀의 머릿속에 무언가가 떠올랐다. 어머니가 죽기 전 마지막으로 했던 말이 생각났다. 그동안 너무 슬퍼하느라 차마 생각할 겨를이 없었다.

"오! 어머니가 거울을 주시면서 마지막으로 말씀하셨던 게 이제 생각났어! 거울을 볼 때마다 어머니를 만날 수 있다고 하셨지. 여태 그걸 까먹고 있었다니 이렇게 멍청할 수가! 얼른 거울을 가져와서 사실인지 확인해 봐야겠어!"

그녀는 얼른 눈물을 닦고 찬장에 넣어두었던 상자를 꺼내었다. 두근거리는 마음으로 거울을 꺼내 들여다보았다. 아! 어머니의 말씀이 사실이었다! 눈앞에 놓인 거울 속 어머니의 얼굴이 보이는 것이었다. 하지만 더 놀라운 것이 있었다. 거울 속 어머니의 얼굴은 아프고 마른 모습이 아니라 어릴 때부터 봐온 아름답고 건강한 젊은 어머니의 얼굴이었던 것이다. 금방이라도 자신에게 선하고 착실한 여인이 되라고 말을 할 것만 같았다.

"이것은 분명 어머니의 영혼이다. 내가 얼마나 슬퍼할지 아시고 나를 위로하러 오신 것이다. 언제든 그리울 때마다 볼 수 있게 거울 속에 계신 것이다. 아 정말 행복하구나!"

이후 딸은 점차 슬퍼하지 않을 수 있었다. 매일 아침에는 하루를 견딜 힘을 얻고자, 그리고 매일 저녁에는 자기 전 마음의 위안을 얻고자 항상 거울을 꺼내어 들여다보았다. 그렇게 매일 어머니의 영혼이라 믿는 거울 속 모습을 보며 그녀는 자랄수록 어머니의 모습을 똑 빼닮아갔다. 얼굴뿐만 아니라 고운 심성에 아버지에게도 자식으로서의 도리를 다하는 아주 착한 딸이었다.

어머니가 돌아가신지 어느덧 일 년이 흘렀다. 아버지는 친척들의 성화에 못 이겨 재혼을 하였고 딸은 이제 계모가 지배하는 새로운 환경에 놓인 것이다. 꽤 어렵고 불편한 상황이었지만 돌아가신 어머니를 떠올리며 하루하루 살아갈 수 있었다.

어머니의 말대로 착하고 유순하게 새어머니에게도 효도를 다하는 착한 딸이 되기 위해 노력하였다. 한동안은 별 탈 없이 모든 것이 잘 흘러갔다. 가족들 사이에 갈등이나 충돌이 생기는 일도 없었다. 아버지는 상당히 만족하는 모습이었다. 하지만 동화 속에 나오는 계모들이 대부분 그렇듯 처음에 상냥하고 친절했던 모습은 곧 사라지고 말았다. 몇 달이 지나고 나니 새어머니는 점점 옹졸하고 못된 본모습을 보이기 시작했다. 의붓딸을 못살게 굴고 아버지와 딸 사이를 이간질하여 갈라놓으려 애를 썼다.

그녀는 종종 남편에게 쪼르르 가 딸의 행동에 대한 불만을 마구 털어놓았다. 하지만 이미 이런 상황을 예상했던 남편은 들은 체도 하지 않았다. 부인이 그럴수록 남편은 오히려 딸에 대한 애정이 더 깊어졌으며 더 마음을 쓸 수밖에 없었다. 자신이 예상했던 것과는 전혀 다른 방향으로 상황이 흘러가자 계모는 점점 더 고약한 마음을 먹기 시작했다. 어떻게 하면 의붓딸을 쫓아낼 수 있을까 곰곰이 생각했다. 날이 갈수록 그녀의 사악한 마음은 점점 더 커져가고 있었다.

그녀는 한동안 딸을 가만히 지켜보았다. 그러던 어느 날 아침 일찍 방 안을 몰래 들여다보던 그녀는 제대로 된 기회를 잡을 수 있었다. 이 정도라면 남편도 모른 척 하지는 않을 것 같았다. 자신조차 딸의 모습을 보고는 조금 무섭기까지 했을 정도니 말이다. 부인은 당장 남편에게 달려가 가짜 눈물을 흘리며 슬픈 목소리로 말했다.

"오늘 당장 이곳에서 떠나겠습니다."

너무나도 갑작스러운 부인의 말에 남편은 깜짝 놀라 무슨 영문인지 물었다.

"갑자기 이 집을 떠난다니 내가 뭐 잘못한 것이라도 있소?"

"아니오! 그건 절대 아니에요! 당신과는 전혀 상관없는 일입니다. 당신을 떠나는 것은 꿈에서조차 상상하기 싫은 일입니다. 하지만 여기서 더 살다가는 제 목숨이 위험해집니다. 그래서 얼른 집으로 돌아가야 할 것 같습니다."

부인은 다시 눈물을 뚝뚝 흘리기 시작했다. 남편은 그렇게 슬퍼하는 부인의 모습은 여태 처음 보았다. 혹시나 자신이 잘못 들은 것이 아닌가 싶어 되물었다.

"그게 대체 무슨 말이오! 여기 있으면 목숨이 위험해진다니?"

"물으시니 대답하겠습니다. 당신 딸은 계모인 저를 끔찍이도 싫어하고 있습니다. 아침저녁으로 방 안에만 틀어박혀서 나오지도 않기에 지나가면서 얼핏 보니 제 얼굴을 그려놓고 주술을 걸어 저를 죽이려고 하는 것 같았습니다. 그러니 저는 더 이상 여기 있을 수가 없습니다. 얼른 이곳을 떠나야합니다. 더 이상 한 지붕 아래에서 살 수가 없습니다."

딸이 그런 끔찍한 짓을 했다니 남편은 도저히 그 이야기를 믿을 수가 없었다. 증오하는 사람의 얼굴을 그려놓고 매일 저주를 걸면 죽일 수 있다는 이야기를 들어본 적은 있었다. 하지만 자신의 딸은 아직 너무 어린데 어떻게 그런 짓을 할 수 있다는 말인가. 아무래도 부인이 뭔가 잘못 알고 있는 듯했다. 하지만 또 생각해보면 딸이 밤늦게까지 꼼짝도 않고 방 안에만 있는 경우가 많기는 했다. 손님이 오셨을 때도 그랬으니까. 그동안 봐왔던 딸의 모습과 부인의 말을 따져보니 분명 자신이 모르는 무언가가 있는 것은 틀림없었다.

하지만 딸이 정말 그런 행동을 했을 거라고는 믿고 싶지 않았다. 어떻게 해야 할지 알 수가 없었다. 일단은 딸의 방에 가서 무슨 일이 있는지 살펴보기로 했다. 그는 부인에게 아무래도 당신이 잘못 본 것이라고 달래며 딸의 방으로 몰래 가보았다.

한편 딸은 꽤 오랫동안 힘든 시간을 보내고 있었다. 새어머니에게 싹싹하게 굴고 순종하며 착한 딸이 되기 위해 열심히 노력했지만 점점 그들 사이에 오해만 커지고 있는 것 같았다. 결국 자신의 모든 노력이 허사인 것처럼 느껴졌다.

새어머니는 자신의 말을 절대 믿지 않았고 모든 행동을 나쁘게만 보았으며 심지어 아버지에게는 자신에 대해 거짓으로 나쁜 말들을 하는 것까지 이미 눈치 채고 있었다. 그럴수록 돌아가신 어머니가 더 그리워지고 행복했던 시절이 떠오를 수밖에 없었다. 불과 일 년 사이에 모든 것이 바뀌어버리다니! 딸은 밤낮으로 슬퍼하며 눈물을 흘렸다. 그녀는 시간이 날 때마다 방에 들어가 아무도 보지 못하게 가리개를 내리고 거울을 들여다보며 어머니의 모습을 찾았다. 유일하게 위로가 되는 시간이었다.

마침내 아버지도 딸의 이런 모습을 보게 된 것이다. 방 안을 살짝 들여다보니 딸이 몸을 잔뜩 웅크린 채 무언가를 뚫어지게 보고 있는 것 같았다. 그녀는 거울에 비치는 아버지의 얼굴에 깜짝 놀랐다. 보통 할 말이 있으면 방으로 부르시던 아버지가 자신의 방 안으로 들어오는 모습에 몹시 당황하였다. 게다가 어머니의 유언과 거울에 관한 이야기는 누구에게도 한 적이 없었고 자신의 마음속에만 깊이 담아둔 것이어서 아버지에게 거울을 들킬까봐 허겁지겁 소매 속으로 숨겨버렸다. 아버지는 딸이 당황한 표정으로 무언가를 급히 숨기는 것을 보고는 무서운 목소리로 말했다.

"딸아. 지금 여기서 무엇을 하고 있느냐? 그리고 방금 소매 속에 감춘 것은 또 무엇이냐?"

딸은 아버지의 그렇게 화난 얼굴을 본 적이 없었다. 그렇게 무서운 목소리를 들어본 적도 없었다. 잔뜩 겁이 나 점점 얼굴이 하얗게 질려갔다. 큰 잘못이라도 한 듯 아무 대답도 할 수가 없었다. 딸은 도저히 표정을 숨길 수가 없었다. 어쩔 줄 몰라 하는 딸의 얼굴을 보며 아버지는 어쩌면 부인의 말이 사실일지도 모른다는 생각이 들었다.

"새어머니에게 매일 저주를 걸어 죽기를 바란다는 말이 사실이냐? 친어머니처럼 효를 다하고 말 잘 듣는 딸이 되라고 했던 내 말을 벌써 잊은 것이냐? 그렇게 사악한 마음을 먹다니 정말 내 딸이 맞느냐? 대체 어떻게 이렇게 못되고 악한 아이가 된 것이냐?"

아버지는 몹시 화가 난 얼굴이었다. 순간 그의 눈에는 눈물이 차올랐는데 진작 이렇게 꾸중하며 딸을 키웠어야 했다고 자책하고 있었다. 하지만 딸은 도저히 아버지가 무슨 말을 하는지 알 수가 없었다. 싫어하는 사람을 죽이기 위해 저주를 건다는 미신은 들어본 적도 없었다. 하지만 오해가 있다면 분명히 풀어야 했다. 자신이 사랑하는 아버지가 그런 끔찍한 오해로 화를 내는 것은 견딜 수 없었다. 그녀는 아버지의 무릎에 손을 얹으며 간절한 목소리로 외쳤다.

"아버지! 아버지! 그런 끔찍한 말씀 마세요! 저는 여전히 아버지의 말 잘 듣는 딸입니다. 정말입니다. 아버지와 관련된 사람에게 저주라니요. 죽기를 바란다니요. 정말 말도 안 되는 일입니다. 누군가가 아버지에게 거짓말을 했고 거기에 속으신 것입니다. 어떻게 그렇게 무서운 말씀을 하시나요. 어쩌면 제가 아니라 아버지 마음속에 악귀가 들어간 것 같습니다. 아버지가 하신 말씀은 전혀 진실이 아닙니다."

하지만 그는 방에 들어오는 순간 딸이 무언가를 급히 숨기던 것을 기억하고 있었다. 결백하다고 외치는 딸의 말에도 불구하고 그는 완벽하게 의심을 떨쳐내고 싶었다.

"그렇다면 요즘 계속 방 안에만 머물러 있던 이유가 무엇이냐? 또 아까 급하게 소매 안에 숨긴 것은 무엇이냐? 얼른 꺼내보아라."

딸은 돌아가신 어머니와 둘이서만 간직하던 기억과 비밀을 털어놓기가 부끄러웠지만 아버지의 오해는 확실하게 풀어드려야 했다. 소매 안에 감춰두었던 거울을 꺼내어 아버지 앞에 놓았다.

"이것이 바로 제가 매일 들여다보고 있던 것입니다."

딸이 말했다.

"아니, 어떻게." 아버지는 깜짝 놀란 목소리였다.

"이것은 오래 전에 내가 교토에 다녀오면서 네 어머니에게 선물로 주었던 거울 아니냐! 그동안 네가 이것을 가지고 있었던 것이냐? 그나저나 왜 그렇게 거울 속만 들여다보고 있던 것이냐?"

딸은 자신이 그리울 때마다 거울을 보면 만날 수 있다고 했던 어머니의 마지막 말을 아버지께 모두 털어놓았다. 하지만 아버지는 이해할 수가 없었다. 거울 속에 비치는 것은 본인의 모습일 뿐인데 어떻게 부인의 얼굴을 볼 수 있다는 것인지 말이 안 되는 것이었다.

"그게 대체 무슨 말이냐?" 아버지가 물었다.

"거울 속에서 어머니의 영혼을 볼 수 있다니 믿을 수가 없구나."

"정말입니다." 딸이 자신 있게 대답했다.

"직접 보시면 제 말을 믿으실 겁니다."

그녀는 거울을 자신의 얼굴 앞에 갖다 대며 말했다. 거울 속에는 아주 아름다운 그녀의 얼굴이 비치고 있었다. 딸은 진지한 표정으로 거울 속을 가리켰다.

"아직도 제 말은 못 믿으시겠나요?"

그녀는 아버지를 올려다보며 물었다. 그는 순간 깨달았다는 듯 손가락으로 딱 소리를 내며 말했다.

"내가 정말 바보 같았구나! 이제야 네 말 뜻을 알겠다. 어머니와 똑 닮은 네 얼굴을 보며 거울로나마 어머니를 만날 수 있었던 것이구나! 이렇게 착하고 순수하고 효심 가득한 딸을 오해했다니. 사실 처음에는 무슨 뚱딴지 소리냐고 생각했었는데. 어머니를 잊지 않고 그리워한 덕에 고운 심성까지 꼭 빼닮았구나. 네게 그 사실을 알려준 어머니도 정말 현명한 여인이구나. 딸아. 너를 정말 아끼고 사랑한다. 잠시나마 의붓어머니의 말에 귀가 멀어 너를 의심했던 것이 몹시 부끄럽구나. 또 너를 오해하여 심하게 야단친 것도 정말 미안하다. 하지만 그 와중에도 너는 불평하지 않고 거짓 없이 모두 이야기하여 내 오해를 풀어주었다. 정말 면목이 없지만 부디 아버지를 용서해 다오."

아버지는 그동안 딸이 얼마나 외로웠을까 생각하며 눈물을 흘렸다. 계모에게 구박을 받으면서도 믿음을 잃지 않고 참아내며 착하게 살아온 생각을 하니 몹시 마음이 아팠다. 마치 진흙과 끈적끈적한 점액 속에서도 결국 아름다운 꽃을 피워내는 연꽃을 보는 듯했다.

그녀는 거칠고 험한 세상을 살면서도 전혀 더럽혀지지 않은 순수한 마음을 상징하는 존재였다. 그동안 계모는 딸의 방 앞을 서성대며 안에서 대체 무슨 일이 일어나고 있나 궁금해 견딜 수가 없었다. 도저히 참을 수가 없어 가리개를 열고 그들이 무슨 이야기를 나누고 있는지 엿듣기 시작했다. 모든 사실을 알게 된 그녀는 딸 앞에 무릎을 꿇고 고개를 푹 숙이며 소리쳤다.

"정말 부끄럽구나! 내가 잘못했다!"

그녀는 목이 쉴 정도로 외쳤다.

"네 지극한 효심을 내가 몰라봤구나. 네가 무엇을 잘못해서가 아니라 단지 못난 계모의 질투심 때문에 여태 너를 미워하였다. 그러다보니 자연스레 너도 나를 미워할 것이라 생각했단다. 또 네가 매일 방 안에만 있으면서 무엇인가를 가만히 들여다보기에 너 역시 나의 미움에 복수하기 위해 주술을 걸고 있다고 오해했구나. 너를 오해하고 아버지까지 너를 의심하게 만든 이 끔찍한 잘못을 평생 잊을 수가 없을 것 같구나.

지금 이 순간부터 뉘우치는 마음으로 악한 생각들을 모두 버리고 선하고 착하게 살 것이다. 너를 내 친딸로 생각하며 아끼고 사랑하여 그동안 네게 저지른 잘못들을 만회할 수 있게 노력하겠다. 그러니 부디 지난날들은 잊고 나를 용서해다오. 이런 말 하기도 참 부끄럽지만 돌아가신 친어머니에게 보여준 사랑을 앞으로 내게도 조금만 나누어다오."

그녀에게선 예전의 사악하고 못된 모습은 찾아볼 수가 없었다. 자신이 저지른 잘못에 대해 진심으로 뉘우치며 딸에게 용서를 구하고 있었다. 착한 딸 역시 단 한 순간도 의붓어머니를 원망하거나 미워함이 없이 그녀를 용서하였다.

남편은 진심으로 반성하는 부인의 얼굴을 보며 오해와 미움으로 휩싸였던 지난날을 모두 깨끗이 잊을 수 있게 된 것에 마음이 후련해졌다. 이후 세 가족은 더없이 행복하게 살았다. 그들을 괴롭히는 어떠한 걱정이나 갈등은 더 이상 일어나지 않았다. 딸은 의붓어머니의 사랑과 보살핌 아래에서 힘들었던 지난날들을 모두 잊을 수 있었다. 그녀의 인내와 선함이 결국 보상을 받은 것이다.

복숭아소년 모모타로

아주 오래전 옛날 한 노부부가 살고 있었다. 소작농이었던 그들은 매일 먹을 쌀을 얻기 위해 열심히 일을 해야만 했다. 남편은 주로 남의 밭풀을 깎아주는 일을 했고 부인은 집안일과 작은 텃밭을 가꾸는 일을 했다.

어느 날 남편은 여느 때처럼 언덕 위로 올라가 풀을 베고 있었고 부인은 빨래를 하러 강가로 나갔다. 때는 초여름을 향해 가고 있어 온 땅이 싱그러운 초록빛으로 가득했다. 일을 하러 나갈 때마다 아름다운 풍경이 그들을 반갑게 맞이하였다. 강둑 근처에 자란 풀들은 마치 에메랄드빛 벨벳 같았고 물가를 따라 나있는 갯버들은 부드러운 바람에 수줍게 흔들리고 있었다.

강물에 잔물결을 일으키며 불어오는 산들바람이 노부부의 뺨을 간지럽혔다. 설명할 수 없는 행복함과 평화로움이 가슴 깊이 전해져왔다. 부인은 강둑 근처 빨래하기 좋은 장소를 발견하고는 바구니를 내려놓았다.

옷감을 하나씩 꺼내 바위에 문지르고 강물로 헹구어냈다. 물은 마치 수정처럼 몹시 맑아 바닥의 조약돌과 작은 물고기들이 헤엄치는 것까지 아주 잘 보였다. 빨래를 하느라 정신이 없던 와중에 커다란 복숭아 하나가 물에 떠내려 오고 있었다. 부인은 육십 평생 동안 그렇게 큰 복숭아는 본 적이 없었다.

"정말 탐스럽게 생겼구나!" 그녀가 혼잣말을 했다.

"얼른 주워서 남편에게 보여줘야겠다."

그녀는 팔을 뻗어 복숭아를 잡으려 했지만 역부족이었다. 건져 올릴 만한 막대기도 찾을 수가 없었다. 막대기를 찾으러 잠시 자리를 비우면 복숭아는 저 멀리 흘러가버릴 것 같았다. 어떻게 하면 좋을까 잠시 생각하던 그녀는 문득 마법의 주문이 떠올랐다. 그녀는 복숭아를 바라보면서 박자를 맞춰 박수까지 치며 노래를 부르기 시작했다.

저 멀리 흐르는 강물은 쓰디쓰지만
바로 앞의 강물은 달콤하구나.
그 씁쓸한 강물을 떠나 이 달콤한 강물로 오거라.

부인이 노래를 반복해서 부르자 복숭아는 놀랍게도 그녀가 서 있는 곳으로 가까이 흘러오는 것이었다. 마침내 그녀 바로 앞까지 흘러와 손쉽게 주울 수 있었다. 부인은 몹시 기뻤다. 잔뜩 신이 난 그녀는 더 이상 빨래를 할 정신이 아니었다. 옷가지들을 대나무 바구니에 챙겨 넣고는 복숭아를 들고 헐레벌떡 집으로 뛰어갔다.

남편이 돌아오기만을 기다리는데 그날따라 시간은 지지리도 안 가는 기분이었다. 마침내 해가 저물고 남편의 모습이 보였다. 등에 엄청난 양의 풀을 메고 있던 탓에 그의 몸뚱이가 거의 가려져 안 보일 지경이었다. 그는 하루 종일 일하느라 몹시 지쳤는지 낫에 몸을 기대어 겨우 걸어오고 있었다. 남편의 모습을 발견하자마자 부인이 큰 소리로 외쳤다.

"여보! 하루 종일 당신이 오기만을 얼마나 기다렸는지요!"

"무슨 일 있소? 왜 이렇게 다급한 것이오?"

평소와는 다른 부인의 모습에 남편이 물었다.

"내가 일을 나간 동안 무슨 일이라도 벌어졌소?"

"아! 그런 건 아니에요!" 부인이 대답했다.

"아무 일도 없습니다. 단지 당신을 위해 아주 멋진 선물을 준비했답니다."

"그거 반가운 소리군."

남편은 대야에 물을 받아 발을 씻고는 마루 위로 올라가 앉았다. 부인은 작은방으로 달려가더니 찬장에 넣어두었던 복숭아를 꺼내왔다. 왠지 아까보다 더 무거워진 듯한 기분이 들었다. 남편에게 복숭아를 보여주며 들뜬 목소리로 말했다.

"이것 좀 보세요! 이렇게 큰 복숭아를 본 적이 있나요?"

남편은 생전 처음 보는 크기의 복숭아를 보고 깜짝 놀라 물었다.

"정말 이렇게 큰 복숭아는 처음 보는구려. 어디서 산 것이오?"

"산 것이 아닙니다." 부인이 대답했다.

"강가에서 빨래를 하던 중에 물살에 떠내려 오고 있었습니다."

그녀는 있었던 모든 일을 자세히 들려주었다.

"거참 기분 좋은 일이군. 당장 그 복숭아를 먹읍시다. 마침 배도 고팠는데." 남편이 말했다.

남편은 부엌칼을 꺼내고 도마 위에 복숭아를 얹었다. 칼로 막 자르려던 찰나 복숭아가 저절로 쪼개지는 것이 아닌가. 그러더니 낯선 목소리가 들려왔다.

"잠시만요!"

복숭아 안에서 작고 예쁜 소년 하나가 튀어나왔다. 순간 노부부는 다리에 힘이 풀려 쓰러질 정도로 깜짝 놀랐다. 소년이 계속해서 말했다.

"무서워 마세요. 저는 요정도 아니고 악마도 아닙니다. 사실 하늘나라에서는 당신들을 가엾게 여기고 있었습니다. 매일 밤낮으로 자식이 없는 것을 슬퍼하는 목소리를 듣고는 저를 이곳으로 보내신 겁니다!"

노부부는 너무나도 기뻤다. 소년의 말대로 그들은 나이가 들고 점점 쓸쓸해지면서 자식 없는 것을 슬퍼하였다. 이제 그들의 소원이 이루어진 것이었다. 그들은 발까지 동동 구를 정도로 좋아하며 어찌할 줄을 몰라 했다. 일단 남편이 먼저 아이를 품에 안더니 부인의 품에도 들려주었다. 그의 이름은 복숭아소년이라는 의미를 가진 모모타로라 지었다.

어느덧 소년이 15살이 되었다. 그는 또래 아이들보다 키도 훨씬 크고 힘도 무척 셌다. 얼굴도 잘생긴 그는 나이답지 않게 지혜롭고 용맹하기까지 하였다. 아들의 모습을 볼 때마다 노부부의 기쁨은 이루 말로 할 수가 없었다. 영웅이 존재한다면 지금 눈앞에 보이는 아들이 딱 그 모습일 것 같았다. 그러던 어느 날 모모타로는 아버지에게 다가가 진지한 목소리로 이야기를 꺼냈다.

"아버지. 우리가 비록 기이한 인연으로 부자의 연을 맺게 되었지만 저에 대한 아버지의 사랑과 보살핌이 태산보다 높고 강물보다도 훨씬 깊은 것을 잘 알고 있습니다. 이 은혜를 어떻게 갚아야 할지 모르겠습니다."

"아버지가 아들을 보살피고 사랑하는 것은 당연한 이치이다."
그가 말을 이어갔다.

"대신 우리가 좀 더 나이 들면 그때는 네가 우리를 보살펴야할 것이다. 그러니 누가 더 주고 더 받는 것이 아니라 결국에는 우리

둘 다 동등한 입장이 되는 것이다. 네가 그렇게 생각하고 있었다니 꽤 놀랐다!"

아버지는 어딘가 신경 쓰이는 표정이었다.

"점점 제게 익숙해지실 겁니다." 모모타로가 말했다.

"하지만 제가 은혜를 갚기 전에 먼저 부탁드릴 것이 있습니다. 꼭 들어주셨으면 합니다."

"네가 원하는 것은 무엇이든 들어주겠다. 너는 또래 아이들과는 분명 다른 특별한 아이이니 말이다!"

"그렇다면 제가 여기서 떠나게 해주십시오!"

"그게 무슨 말이냐? 지금 이 늙은 부모를 떠나겠다는 말이냐?"

"지금 저를 보내주시면 반드시 돌아올 것입니다!"

"어딜 가겠다는 것이냐?"

"갑자기 떠나겠다고 하니 이상하실만도 합니다."

모모타로가 말을 이어갔다.

"이유도 말하지 않고 뜬금없이 떠나겠다니 말입니다. 여기서 북쪽으로 멀리 떨어진 곳에 섬이 하나 있습니다. 그곳에는 아주 못된 악마들 무리가 살고 있습니다. 그들이 종종 이곳을 침략하여 사람들의 물건을 훔쳐 달아나고 죄 없는 사람들을 죽이기까지 한다고 들었습니다. 또한 황제의 명령도 거역하며 반란을 일으킨다고 합니다. 그뿐만이 아니라 죽인 사람들의 살을 파먹는 잔인무

도한 짓까지 벌이는 자들이라고 들었습니다. 그래서 제가 당장 그곳으로 가 그들을 물리치고 불쌍한 사람들의 물건을 모두 되찾아 와야 합니다. 그리하여 갑자기 떠나겠다고 말씀드린 것입니다."

고작 15살밖에 안된 아들의 입에서 나온 이야기는 가히 충격적이었다. 아들의 부탁을 들어줄 수밖에 없었다. 그는 힘이 세고 겁이 없을 뿐만 아니라 하늘에서 선물로 내려준 아들인 만큼 보통 비범한 아이가 아니라 생각했기 때문이다. 분명 자신의 아들이라면 그 악의 무리도 물리칠 수 있을 것이라 믿었다.

"정말 놀라운 이야기이구나, 모모타로." 아버지가 말했다.

"너의 결심을 막지 않겠다. 네가 원한다면 가도 좋다. 얼른 그 섬으로 가서 악마들을 물리치고 그 땅에 평화를 가져다 주거라."

"정말 감사합니다, 아버지."

모모타로는 허락을 받자마자 당장 떠날 준비를 하기 시작했다. 겁이라고는 없는 패기 넘치는 소년이었다. 노부부는 아들이 먼 길을 가는 동안 먹을 떡을 만들기 위해 쌀가루를 빻기 시작했다. 떡도 완성되었고 모모타로도 길을 떠날 준비를 마쳤다. 이별은 언제나 슬픈 법이다. 눈물이 그렁그렁한 부부가 떨리는 목소리로 말했다.

"부디 몸 잘 챙기고 행운을 빈다! 꼭 승리하고 돌아오거라!"

모모타로는 자신이 떠나고 나면 늙은 부모님이 얼마나 쓸쓸해

할지 생각하니 마음이 좋지 않았다.(최대한 빨리 적들을 물리치고 돌아올 것이라 생각하고 있었지만 말이다.) 하지만 내색하지 않고 씩씩한 목소리로 마지막 인사를 건넸다.

"이제 정말 가보겠습니다. 건강 잘 챙기고 계셔야 합니다! 다녀오겠습니다!"

그는 빠르게 집밖을 빠져나갔다. 부모 자식 간의 작별 인사는 그렇게 조용히 끝이 났다. 모모타로는 한낮이 될 때까지 쉬지 않고 걸었다. 슬슬 허기가 져 가방을 열어 떡 한 조각을 꺼내서는 길가 나무 옆에 앉아 먹기 시작했다. 그 때 갑자기 망아지 크기만한 개 한 마리가 풀숲에서 튀어나오는 것이었다. 그는 이빨을 으르렁거리며 모모타로를 향해 돌진해왔다.

"감히 허락도 없이 내 영역에 들어오다니 아주 예의가 없구나. 그 가방에 든 떡을 모두 내놓는다면 무사히 보내주겠다. 그렇지 않으면 당장 너를 물어 죽여 버릴 수도 있다."

하지만 모모타로는 콧방귀를 끼며 비웃을 뿐이었다.

"무슨 소리를 하는 것이냐? 감히 내가 누구인지 아느냐? 나는 모모타로이다. 악독한 인간들이 살고 있는 북쪽지방으로 향하고 있는 중이다. 내 앞길을 막는다면 당장 네 몸뚱이를 두 동강이 내어버릴 것이다!"

순간 개의 태도가 180도 바뀌었다. 자신 있게 세웠던 꼬리를 축

늘어뜨리고는 머리가 땅에 닿도록 납작 엎드려 모모타로의 옆에 가까이 왔다.

"지금 모모타로라고 하셨습니까? 정말 모모타로입니까? 당신의 엄청난 능력에 대한 소문은 익히 들었습니다. 감히 누구인지도 몰라보고 제가 건방지게 행동했습니다. 한번만 용서해 주십시오. 그나저나 정말 그 악마의 섬으로 가시는 중입니까? 혹시 저도 같이 데리고 가주신다면 정말 감사하겠습니다."

"네가 원한다면 데려가주겠다." 모모타로가 대답했다.

"감사합니다!" 개는 넙죽 엎드리며 감사를 표했다.

"그런데 지금 몹시 허기가 져서 그런데 그 떡 한 조각만 주시면 안 되겠습니까?"

"이것으로 말할 것 같으면 일본에서 제일 맛이 좋은 떡이다." 그가 말했다.

"그러니 한 덩어리 전부 다 줄 수는 없고 반을 잘라서 주겠다."

"정말 감사합니다." 개가 떡 조각을 받으며 말했다.

이제 모모타로도 다시 길을 떠날 때가 되었고 그 뒤를 개가 얌전히 따르고 있었다. 언덕을 넘고 계곡을 지나며 꽤 오랜 시간을 걷고 있었다. 그러던 중 작은 동물 한 마리가 나무에서 내려오더니 그들 앞을 막아섰다. 그가 모모타로 옆으로 다가오며 말했다.

"오랜만입니다, 모모타로! 이곳에 오시다니 참 반갑군요. 저도 데려가주시면 안 됩니까?"

그 말에 질투가 난 개가 대신 대답하였다.

"이미 내가 그와 함께 길을 가고 있다. 원숭이 따위가 전쟁에 무슨 쓸모가 있단 말이냐? 우리는 악마들과 싸우러 가는 길이다! 썩 저리 가거라!"

개와 원숭이는 서로 물어뜯고 싸우기 시작했다. 견원지간이라는 말이 괜히 생겨난 것이 아니었다.

"싸우지 말거라!" 모모타로가 둘을 갈라놓으며 소리쳤다.

"그만!"

"저런 교활한 동물까지 함께 데리고 가면 모모타로의 체면이 뭐가 된단 말입니까!" 개가 강하게 반발하였다.

"들은 소문이라도 있는 것이냐?"

모모타로는 개를 옆으로 밀어내며 원숭이에게 물었다.

"너는 누구냐?"

"저는 이 언덕에 살고 있는 원숭이입니다."

원숭이는 자신 있게 말을 이어갔다.

"악마들의 섬으로 가신다는 소문을 듣고 여기까지 왔습니다. 저도 데려가주신다면 정말 기쁠 것 같습니다!"

"정말 나와 함께 악마의 섬으로 가서 그들과 싸울 생각이 있느냐?"

"물론입니다." 원숭이는 자신감 넘치는 표정이었다.

"너의 패기가 마음에 드는구나."

모모타로가 만족해하며 말했다.

"자 여기 떡 한 조각을 받고 나를 따라오너라!"

그렇게 해서 원숭이 역시 모모타로와 함께 길을 떠나게 되었다. 하지만 개와는 여전히 티격태격하면서 틈만 나면 서로를 잡아먹으려 안달이었다. 결국 그들의 싸움에 진절머리가 난 모모타로는 개는 맨 앞에 세워 깃대를 들게 하고 원숭이는 제일 뒤에 세워 검을 들고 가도록 명령하였다. 그리고 자신은 쇠로 만든 검을 들고 그 둘 사이에 위치하였다.

얼마 지나지 않아 그들 앞에 커다란 들판이 펼쳐졌다. 갑자기 새 한 마리가 날아오더니 그들 앞에 내려앉는 것이었다. 그렇게 예쁘게 생긴 새는 본 적이 없었다. 다섯 가지 화려한 색깔의 깃털이 몸을 감싸고 있었고 머리에는 꼭 모자를 쓴 것처럼 진홍색 털이 나있었다. 이번에도 개가 먼저 새에게 달려가더니 목을 졸라 죽이려했다. 하지만 그 작은 새는 개를 뿌리치더니 그의 꼬리 쪽으로 날아갔다. 곧 둘 사이에 치열한 싸움이 벌어졌다.

모모타로는 겁이라고는 없는 새의 모습에 감탄하였다. 자신보다 훨씬 몸집이 큰 개한테도 주눅 들지 않고 저렇게 맞서 싸우다니 분명 전쟁터에서 제몫을 톡톡히 할 것 같았다. 그는 둘에게 다가가 개의 뒷덜미를 잡아끌며 새에게 소리쳤다.

"이 못된 새 같으니라고! 감히 내가 가는 길을 막다니! 당장 항복하면 너를 데리고 가겠다. 그렇지 않으면 이 개에게 당장 네 머리를 물어뜯어버리게 하겠다!"

그러자 새는 넙죽 엎드리며 제발 자신도 데려가 달라고 애원하였다.

"저 개와 싸운 것에 대해서는 뭐라 변명할 여지가 없습니다. 모모타로 당신을 차마 몰라봤습니다. 비천한 저는 꿩이라고 합니다. 저를 용서해주시고 함께 데려가 주신다니 듣던 대로 정말 훌륭한 분이십니다. 개와 원숭이 뒤를 따라 함께 갈 수 있게 허락해주십시오!"

"바로 잘못을 뉘우치니 기쁘구나."

모모타로가 흐뭇한 웃음을 띠며 말했다.

"자, 악마의 섬으로 함께 가자!"

"정말 이 새도 함께 데려간다는 말씀입니까?"

개가 앞으로 나오며 물었다.

"똑같은 말을 두 번이나 하게 만드는구나! 내 말을 못 들었느냐? 내가 기꺼이 이 새를 데리고 가겠다!"

"흥!" 개는 영 심기가 불편한 표정이었다.

모모타로는 안되겠다 싶었는지 단호한 목소리로 말하기 시작했다.

"자, 모두 내 말을 귀 기울여 들거라. 한 편이 되기 위해서 가장 중요한 것은 화합과 단결이다. 우리가 이 땅 위에서 가장 힘 있는 무리라는 것이다. 그러니 서로 힘을 합치지 않으면 절대 적을 물리칠 수 없을 것이다. 그러니 이제부터 너희 셋, 개, 원숭이, 그리고 꿩 너희는 한 마음 한 뜻으로 진짜 동지가 되어야 한다. 가장 먼저 말썽을 일으키는 자는 그 즉시 내쫓아버릴 것이다!"

세 동물은 그러겠다고 맹세하였다. 꿩 역시 이제 모모타로의 일행이 된 의미로 떡 한 조각을 받았다. 모모타로의 영향력은 실로 대단했다. 그렇게 아웅다웅 대던 동물들이 그의 한 마디에 바로 친구가 되었으니 말이다.

며칠을 이동한 끝에 그들은 드디어 동북해 해변에 도착하였다. 하지만 눈앞에 보이는 것은 저 멀리 희미한 수평선 외에 아무 것도 없었다. 섬 같은 것은 전혀 눈에 띄지 않았다. 고요한 정적 속에 파도 소리만 들려오고 있었다.

개와 원숭이, 꿩은 여태 깊은 계곡도, 높은 산도 문제없이 거쳐 왔지만 바다라는 것은 처음 보는 것이었다. 끝없이 펼쳐진 바다의 모습에 할 말을 잃고 멍하니 서로를 바라보고만 있었다. 저 넓은 곳을 어떻게 건너 악마의 섬으로 간다는 말인가? 그들이 잔뜩 겁을 먹은 모습을 본 모모타로가 크게 소리쳤다.

"무엇을 망설이느냐? 설마 바다가 무서운 것이냐? 아! 이런 겁쟁이들 같으니라고! 그런 줄도 모르고 이런 나약한 동물들을 데리고 여기까지 오다니! 차라리 나 혼자 가는 것이 낫겠구나. 다들 전부 썩 꺼져라!"

동물들은 생각지도 못했던 모모타로의 질책에 깜짝 놀라 그의 소매에 매달려서는 제발 이대로 버리지 말라고 간절히 애원하였다.

"모모타로. 제발 부탁입니다!" 개가 간절한 목소리로 말했다.

"이미 너무 먼 곳까지 왔습니다." 원숭이도 옆에서 거들었다.

"여기까지 와서 저희를 버리는 건 너무 잔인합니다!"

꿩도 부추겼다.

"바다를 건너는 것이 전혀 두렵지 않습니다!"

원숭이가 자신 있는 목소리로 말했다.

"그러니 제발 저희를 데려가 주십시오."

꿩도 무서울 것 없다는 표정이었다.

"제발 부탁입니다."

개가 마지막으로 한 번 더 애원하며 말했다. 사실 동물들은 좀 전 보다는 용기가 조금 생겨났다.

"좋다. 너희를 데리고 가겠다. 단, 조심, 또 조심해야 한다!"

모모타로가 말했다. 그리고는 모모타로가 찾은 작은 배에 모두 올라탔다. 바람도 거세지 않았고 날씨도 화창한 덕에 배는 부드럽게 바닷물 위를 미끄러져 흘러갔다.

배를 처음 타본 동물들은 처음에는 출렁이는 파도를 따라 흔들리는 배의 움직임에 잔뜩 겁을 먹고 얼어있었다. 하지만 점차 적응하더니 이내 언제 그랬냐는 듯 웃고 떠들기 시작했다. 악마의 섬을 찾아 그렇게 한참을 배 위에서 지내게 되었다. 그러다가 슬슬 지루해지기 시작하니 서로 자신 있는 재주에 대해 이야기를 늘어놓으며 시합을 벌이기 시작했다.

모모타로는 동물들의 이야기를 듣고 그들이 재주부리는 것을 보며 몹시 즐거워하였다. 덕분에 배 위에서 아무것도 하지 않고 있어도 지루할 틈이 없었다. 얼른 섬에 도착해 일본의 골칫거리인 악마들을 죽이고 싶었다.

바람도 순풍이었고 날씨도 매일같이 좋아 배는 생각보다도 훨씬 빨리 나아가고 있었다. 그러던 중 눈부시게 햇빛이 내리쬐던 어느 날, 뱃머리에 서있던 넷의 눈앞에 드디어 육지의 모습이 보였다. 그것은 분명 악마의 섬이었다. 해안의 가파른 기슭 꼭대기에 거대한 성 한 채가 보였다. 드디어 적들의 소굴로 들어온 것이다. 모모타로는 머리를 감싸며 깊은 생각에 잠겼다. 어떻게 그들을 공격하면 좋을까 곰곰이 생각했다. 동물들은 그의 명령이 떨어지기만을 기다리고 있었다. 마침내 모모타로가 꿩을 보며 외쳤다.

"너를 데려오길 정말 잘했구나. 너에게 날개가 있으니 말이다.

지금 당장 성 안으로 날아가 먼저 싸움을 시작하거라. 우리가 곧 뒤따라 들어가겠다."

꿩은 즉시 그의 명령을 따라 하늘을 가로질러 날아갔다. 금세 섬에 도착하더니 성의 지붕 꼭대기에 자리를 잡고는 크게 소리쳤다.

"너희 악마들은 잘 들어라! 대일본제국의 모모타로 장군이 너희를 무찌르고 이곳을 정복하기 위해 오고 계신 중이다. 목숨이라도 구하고 싶다면 당장 항복하거라. 이마에 난 뿔을 부러뜨려 그에게 항복한다는 것을 보여라. 만약 이 자리에서 항복하지 않고 어떻게든 덤벼보겠다면 나 꿩과 개, 원숭이가 너희를 갈기갈기 물어뜯어 죽여 버릴 것이다!"

하늘을 올려다보던 악마들은 고작 새 한 마리가 떠드는 소리에 코웃음을 치며 외쳤다.

"고작 꿩 주제에 그런 말을 하다니 우습기 짝이 없구나. 곧 우리가 가진 쇠방망이로 너를 내리쳐 주겠다!"

악마들은 잔뜩 화가 난 상태였다. 그들은 빨간 머리칼과 뿔을 사납게 흔들며 더 무섭게 보이기 위해 호랑이 가죽 옷을 입으러 냅다 달려갔다. 그러더니 새가 있는 곳으로 다시 쇠방망이를 들고 와 한방에 그의 머리를 내리치려 하였다. 하지만 날쌘 꿩은 잽싸게 옆으로 피하며 악마들을 차례로 공격했다. 악마들 주위를 빙글빙글 돌며 엄청난 속도로 날갯짓을 하기 시작했다. 정신없는 날갯짓에 악마들은 새가 한 마리인지 여러 마리인지조차 알 수 없을 정도였다. 그동안 모모타로는 배를 몰고 육지 쪽으로 가까이 가고 있었다. 가파르게 파인 절벽 위에 높은 성벽과 거대한 철문으로 둘러싸인 성의 모습이 보였다.

모모타로는 성 안으로 들어갈 수 있는 방법을 찾으며 절벽을 오르고 있었다. 개와 원숭이도 그의 뒤를 따르고 있었다. 그 때 개울가에서 빨래를 하고 있는 아름다운 여인 두 명을 발견하였다. 여인들은 눈물을 흘리며 핏자국이 흥건한 옷을 빨고 있었다. 모모타로가 가던 길을 멈추고 그들에게 물었다.

"너희는 누구인데 여기서 울고 있느냐?"

"저희는 악마의 왕에게 포로로 잡힌 여인들입니다. 다이묘의 딸임에도 불구하고 이곳에 붙잡혀와 그의 시녀로 살고 있습니다. 그러다가 결국은 그의 손에 죽고 말 것입니다."

여인들이 시뻘건 옷을 들어 올리며 말했다.

"그리고는 우리를 잡아먹겠죠. 누구도 우리를 구할 수 있는 자가 없습니다!"

생각만 해도 무서워진 그녀들은 다시 울음을 터뜨렸다.

"내가 너희를 구해주겠다." 모모타로가 말했다.

"더 이상 울지 말거라. 대신 어떻게 하면 성 안으로 들어갈 수 있는지 알려다오."

그러자 두 여인이 길을 안내해주었다. 성벽의 아래쪽에 조그만 뒷문이 하나 나있었다. 몸을 잔뜩 웅크리고서야 겨우 지나갈 수 있는 좁은 문이었다. 그동안 열심히 싸우고 있던 꿩은 모모타로와 개, 원숭이가 뒤쪽으로 들어오는 것을 발견하였다.

모모타로는 눈 깜짝할 새에 그들을 덮치며 공격을 퍼부었다. 악마들은 꼼짝없이 당할 수밖에 없었다. 처음에는 꿩 한 마리만 상대하면 됐는데 이제 모모타로와 개, 원숭이까지 한꺼번에 덤벼드니 몹시 당황하여 어찌할 줄을 몰랐다. 게다가 그 넷의 힘은 마치 백 명의 힘을 합친 것과도 같았다.

악마들은 절벽 위에서 떨어져 죽거나 스스로 바위 위로 몸을 던져 죽기도 했고 또 다른 이들은 바다에 빠져 죽고 말았다. 하지만 대부분은 원숭이, 개, 꿩 이 세 동물들에게 공격을 당해 목숨을 잃었다. 결국 모든 악마들이 죽고 그들의 대장만이 홀로 남았다. 인간의 능력이라고는 볼 수 없는 모모타로에게 항복하는 것만이 유일한 방법이었다. 그는 쇠방망이를 내려놓고 모모타로 앞에 무릎을 꿇으며 납작 엎드렸다. 힘과 권력의 상징인 이마의 뿔을 뽑아들고 싹싹 빌기 시작했다.

"제가 졌습니다." 그가 순순히 복종하며 말했다.

"감히 당신에게 대적할 수가 없습니다. 목숨만 살려주시면 성 안에 숨겨져 있는 모든 보물들을 드리겠습니다."

하지만 모모타로는 비웃을 뿐이었다.

"천하의 대장악마께서 무릎을 꿇고 빌다니 참 보기 힘든 일이구나, 그렇지 않느냐? 하지만 아무리 빌어도 네 목숨을 살려줄 생각이 없다. 너희가 우리 땅에 와서 많은 이들을 괴롭히고 죽인 것을 생각하면 너를 살려둘 이유가 없다."

모모타로는 그를 꽁꽁 묶고는 원숭이의 손에 그를 맡겼다. 그리고는 성 안으로 들어가 모든 포로들을 풀어주었고 숨겨진 보물들을 전부 찾아 모았다. 개와 꿩 역시 악마들이 훔쳐간 것들을 모두 되찾아 들고 왔고 모모타로도 대장악마를 포로로 끌고 의기양양하게 고향으로 돌아왔다.

다이묘의 두 딸들을 비롯하여 노예로 잡혀있었던 모든 이들도 무사히 가족들의 품으로 돌아갈 수 있었다. 온 나라의 국민들이 모모타로의 승리를 축하하며 그를 영웅으로 떠받들었다. 또한 오랜 세월 동안 공포에 떨게 만들었던 악마들에게서 벗어난 것에 기쁨의 환호성을 외쳤다. 노부부의 기쁨도 이루 말할 수가 없었다. 모모타로가 들고 온 보물 덕분에 그들은 평생 동안 부족함 없이 행복하게 살 수 있었다.

쌀자루의 왕

아주 먼 옛날 일본에 타와라 토다라고 알려진 아주 용감한 병사 한 명이 살고 있었다. 그는 '쌀자루의 왕'이라고 불리기도 했는데 실제 이름은 후지와라 히데사토였다. 지금부터 왜 그의 이름이 바뀌었는지에 관해 아주 흥미로운 이야기를 들을 것이다.

어느 날 그는 재미있는 일이 없나 하고 여기저기를 돌아다니고 있었다. 그는 뼛속까지 병사 기질을 가지고 있어 가만히 있는 것을 못 견뎌하는 성격이었다. 허리춤에는 검을 차고 손에는 자신의 키보다 훨씬 큰 활을 쥐고 등에는 화살 통을 메고는 본격적으로 길을 나섰다. 얼마 가지 않아 아름다운 비와 호수 위에 놓인 세타노카라시 다리가 나왔다.

다리 위에 발을 디디는 순간 그의 눈앞에 거대한 구렁이 한 마리가 보였다. 소나무 몸통만한 덩치 때문에 다리 전체가 그의 몸에 덮일 정도였다. 그 거대한 괴물은 다리 한 쪽 난간에는 날카로운 발톱을, 다른 쪽 난간에는 꼬리를 걸친 채 잠들어 있었다. 숨을 쉴 때마다 뜨거운 불길과 연기가 콧구멍으로 뿜어져 나왔다.

처음에 히데사토는 자신의 길을 가로막고 있는 끔찍한 구렁이의 모습에 당황하여 어떻게 해야 할지 몰랐다. 다시 집으로 돌아가거나 아니면 저 구렁이의 몸을 밟고 지나가는 것 외에는 방법이 없었다. 하지만 그는 아주 용감한 사나이였다. 금세 두려움을 떨쳐내고는 대담하게 한발 한발 내딛었다. 으드득! 으드득! 히데사토가 구렁이의 몸을 밟고 지나가는 소리였다. 그는 단 한 번도 뒤돌아보지 않고 구렁이의 몸통 위를 건너가고 있었다.

맞은 편 다리 끝까지 몇 발짝 남지 않은 순간 누군가 자신을 부르는 소리가 들렸다. 뒤를 돌아다보니 구렁이의 모습이 온데간데없이 사라지고 말았다. 대신 그 자리에는 특이한 모습의 남자 하나가 서있는 것이었다. 그는 땅에 닿을 정도로 허리를 굽히며 히데사토에게 예의를 표하며 인사를 했다. 어깨까지 찰랑이는 붉은빛 머리카락에 용의 머리처럼 생긴 왕관을 쓰고 있는 그 남자는 조개무늬로 장식된 청록색 드레스를 입고 있었다. 히데사토는 그가 분명 범상치 않은 사람이라 생각했고 대체 무슨 일인지 영문을 알 수가 없었다. 구렁이는 눈 깜짝할 새에 어디로 사라진 것일까? 혹시 구렁이가 이 남자로 변하기라도 한 것일까? 도대체 이게 무슨 상황인가? 히데사토는 이런 저런 상상을 하며 남자에게 가까이 다가갔다.

"방금 당신이 나를 부른 겁니까?"

"그렇습니다." 남자가 대답했다.

"당신에게 부탁드릴 것이 있습니다. 꼭 좀 들어주실 수 있습니까?"

"내가 할 수 있는 일이라면 기꺼이 돕겠습니다."

히데사토가 대답했다.

"그나저나 당신은 누구죠?"

"저는 이 호수에 살고 있는 용왕입니다. 다리 아래 흐르고 있는 강물에서 살고 있죠."

"나에게 부탁할 일이라는 게 무엇입니까?"

히데사토가 물었다.

"저기 보이는 산속에 살고 있는 지네는 오랫동안 저의 원수였습니다. 당신이 그 지네를 죽여주셨으면 합니다."

남자가 호숫가 반대편에 보이는 산꼭대기를 가리키며 말했다.

"자식들과 손자들까지 엄청난 수의 식구들과 꽤 오랜 세월을 이곳에서 살고 있었습니다. 하지만 지네가 우리의 보금자리를 발견한 이후로 우리는 공포에 떨며 살아야 했습니다. 밤마다 찾아와 우리 가족들을 하나씩 차례로 죽이기 때문이죠. 하지만 그들을 지키기 위해 내가 할 수 있는 일은 아무것도 없습니다. 앞으로도 지네가 나의 자손들을 공격하도록 내버려둔다면 곧 가족 모두를 잃고 나 역시도 그에게 잡아먹히고 말겠죠. 정말 슬픈 일 아닙니까. 결국 인간에게 도움을 청하기로 한 겁니다. 그래서 나는 며칠간 다리 위에서 구렁이의 모습으로 인간이 오기만을 기다리고 있었습니다. 하지만 여태 나를 본 모든 이들은 겁에 질려 꽁무니가 빠지게 도망갈 뿐이었습니다. 전혀 겁 없이 당당하게 이곳을 지나간 이는 당신이 처음입니다. 당신이 바로 내가 찾던 용감한 인간이라 생각했습니다. 부디 나를 가엾게 여기셔서 지네를 죽여주시지 않겠습니까?"

그의 안타까운 이야기를 들은 히데사토는 몹시 마음 아파하며 당장 그를 돕겠다고 하였다. 지네가 어디 사는지 물으며 당장 그를 없애버리겠다 하였다.

용왕이 대답하기를 지네는 미카미 산에 살고 있지만 밤이 되면 정해진 시간에 호수에 있는 자신의 궁전으로 오니 그 때까지 기다리는 것이 좋겠다고 하였다. 그리하여 일단 히데사토는 용왕이 안내하는 대로 다리 아래에 위치한 그들의 궁전으로 향했다.

놀랍게도 그들이 강 속을 지나자 물이 양 쪽으로 갈라져 길을 내주었다. 그 덕에 히데사토의 옷은 전혀 젖지 않았다. 깊은 바다 속 하얀 대리석으로 만들어진 궁전에 대해 들어본 적은 있었지만 실제로 보니 비와 호수 한 중간에 위치한 그 호수는 말로 다 표현할 수 없을 정도로 아름다운 모습이었다. 조그만 금붕어들부터 붉은 잉어, 은빛 송어들까지 모든 물고기들이 왕과 그의 손님을 극진히 대접하였다.

히데사토는 자신을 위해 펼쳐진 연회에 깜짝 놀랄 수밖에 없었다. 접시들은 모두 아름다운 연꽃과 연잎으로 만들어졌고 보기 드문 귀한 흑단으로 만든 젓가락이 가지런히 놓여있었다.

왕과 히데사토가 자리를 잡고 앉자마자 미닫이문이 열리더니 아름다운 무용수 금붕어들과 코토(일본 하프)와 사미센(일본 가야금)을 든 붉은 잉어들이 들어왔다. 그들의 아름다운 음악과 춤사위 덕분에 지네에 대한 걱정은 잠시나마 잊고 즐거운 시간을 보낼 수 있었다. 자정이 되었고 용왕이 히데사토에게 포도주를 따라주며 다시 한 번 부탁하려던 찰나 궁전이 마구 흔들리기 시작했다. 쿵! 쿵! 마치 엄청난 수의 병사들이 몰려오고 있는 듯한 굉음이 들려왔다. 그들은 벌떡 일어나 얼른 창가로 달려갔다. 맞은 편 산에서 거대한 불덩이 2개가 이쪽으로 가까이 다가오고 있었다. 왕은 벌벌 떨며 히데사토의 옆에 꼭 붙어있었다.

"지네입니다! 바로 그 지네! 저 불덩이들은 지네의 눈입니다. 오늘도 우리 중 누군가를 잡아먹으러 오고 있는 겁니다. 얼른 저 괴물을 죽여야 합니다."

히데사토는 왕이 가리키는 곳을 쳐다보았다. 희미한 별빛 속에서 이글거리는 불덩이 뒤로 거대한 지네의 몸이 산을 휘감고 있는 모습이 보였다. 수백 개의 다리에서 번쩍거리는 불빛은 마치 사람들이 수많은 손전등을 흔들며 다가오는 모습처럼 보였다. 하지만 히데사토는 전혀 두렵지 않았다. 오히려 벌벌 떨고 있는 왕을 진정시키려는 모습이었다.

"두려워 마시오. 반드시 지네를 죽이고 말 겁입니다. 내 활과 화살을 좀 가져다주시오."

왕은 얼른 화살통을 가져다주었다. 히데사토는 화살이 세 개밖에 없는 것을 확인하고는 조심스럽게 화살 하나를 꺼내었다. 눈금에 목표물을 정확히 맞추고는 화살을 날렸다. 화살은 정확히 지네의 머리 한 중간을 향해 날아갔다. 하지만 머리를 관통하는 것이 아니라 튕겨져 나와 그대로 땅 위로 떨어지고 말았다.

히데사토는 전혀 위축되지 않고 두 번째 화살을 꺼내 다시 한 번 눈금을 맞추고는 지네의 머리를 향해 활을 당겼다. 하지만 이번에도 화살은 머리를 빗겨나가며 땅에 떨어지는 것이었다. 어떤 무기로도 지네를 죽일 수가 없었다. 용병의 화살로도 지네를 어찌하지 못하는 모습을 본 왕은 좌절한 채 더욱 겁에 질려 온몸을 바들바들 떨고 있었다. 히데사토에게는 이제 마지막 화살 하나만 남아있었다. 만약 이번마저 실패하면 지네를 죽이는 것은 불가능했다. 그는 강 건너 지네의 모습을 똑똑히 쳐다보았다.

거대한 산을 일곱 번이나 휘감을 정도의 거대한 몸통을 가진 저 끔찍한 지네가 점점 더 가까이 다가오고 있었다. 불덩이 같은 두 눈과 수백 개의 발에서 번쩍거리는 불빛이 강물에 비치기 시작했다. 순간 히데사토는 언젠가 사람의 침이 지네에게 아주 치명적이라는 것을 들은 적이 있었다. 하지만 저 지네는 보통 지네가 아니었다. 너무도 끔찍해서 가까이 다가가기는커녕 머릿속에 모습을 떠올리기만 해도 소름끼치게 만드는 존재였다. 어쩔 수 없이 히데사토는 마지막 남은 화살에 모든 것을 맡기기로 했다.

활을 입술에 가까이 가져다대고 화살 끝은 정확히 지네 쪽으로 겨냥한 후 마지막으로 활을 당겼다. 정확히 지네의 머리 한 중간을 향해 날아갔다. 화살은 더 이상 튕겨 나오지 않고 정확히 지네의 뇌를 찔렀다. 지네는 한동안 격렬한 몸부림을 쳐댔다. 얼마 후 움직임을 멈추더니 그의 눈과 발끝에서 나오던 불빛도 점차 희미해지기 시작했다. 이내 완전히 불빛이 사라져 온 세상이 어둠에 잠겼다.

천둥이 치고 번개가 번쩍이며 엄청난 돌풍이 불어오기 시작했다. 마치 온 세상이 멸망할 것 같았다. 궁전이 이리저리 흔들리자 그 안에 있던 왕과 그의 자손들, 신하들은 잔뜩 겁에 질려 몸을 웅크리고 숨어있었다. 한참이 지나고 마침내 어둠이 걷히기 시작했다. 맑고 아름다운 하늘이 펼쳐졌다. 마침내 지네가 죽은 것이다. 히데스토는 큰 소리로 왕을 불러냈다. 지네가 죽었으니 더 이상 두려워할 것이 없다고 외쳤다. 그제야 성 안에 있던 모든 이들이 기쁨의 환호성을 지르며 밖으로 나왔다. 히데스토가 호수 쪽을 가리켰다. 그곳에는 홍건한 핏물 위에 떠있는 지네의 시체가 놓여있었다.

왕은 히데사토에게 어떻게 고마움을 표현할 길이 없었다. 모든 이들이 그를 향해 절을 하며 이 나라에서 가장 용감한 병사이자 자신들의 수호자라 찬양하였다. 아까보다 훨씬 더 호화로운 잔치가 펼쳐졌다. 세상에 존재하는 모든 물고기들을 끓이고, 찌고, 구워 요리한 것들이 아름다운 산호 접시와 자수정 접시에 올려졌다. 포도주 역시 가장 최상의 것으로 준비되었다. 강물에 비치는 찬란한 햇빛은 마치 다이아몬드처럼 빛나고 있었다. 낮에 본 궁전의 모습은 말로 표현할 수 없을 정도로 아름다웠다.

왕이 히데사토에게 며칠만 더 머물다 가라고 하였지만 그는 자신이 해야 할 일을 끝냈으니 얼른 돌아가야 한다고 했다. 왕과 그의 자손들이 몹시 아쉬워했지만 히데사토의 고집을 꺾을 수는 없었다. 대신 자신들의 영원한 적이었던 지네를 없애준 것에 대한 감사의 표시로 선물을 준비했으니 제발 사양하지 말고 받아달라고 하였다.

히데사토가 마지막으로 작별을 고하는 순간 한 무리의 물고기들이 인간의 모습으로 변하였다. 그들은 모두 예복을 갖춰 입고 머리에는 용의 왕관을 쓰고 있었다. 왕의 신하임을 나타내는 것이었다. 그들의 손에 들려있는 선물들은 총 다섯 가지였다.

하나. 커다란 청동 방울
둘. 쌀 한 자루
셋. 비단 한 필
넷. 솥
다섯. 종

히데스토는 괜찮다며 극구 사양했지만 왕의 고집도 만만치 않았다. 그는 더 이상 그들의 성의를 거절할 수가 없었다. 왕은 최대한 멀리까지 배웅을 나와 끝없이 절을 하며 히데사토에게 작별인사를 건네었다.

왕의 신하들이 일렬로 줄지어 선물들을 들고는 그의 집까지 함께 향했다. 그동안 히데사토의 가족들과 하인들은 그가 밤새 집에 돌아오지 않아 무척이나 걱정하고 있던 상황이었다. 간밤에 엄청난 비바람이 불어 산속 어딘가에 머물고 있는 것이 아닐까 생각하고 있던 차에 하인들은 집 쪽으로 오고 있는 히데사토의 모습을 발견하였다. 곧 모든 가족들이 몰려나오더니 그의 뒤를 따르는 무리들은 누구이며 그들의 손에 들려있는 것들은 무엇인지 궁금해 못 견뎌하는 표정이었다.

신하들은 집 앞에 도착하여 선물들을 내려놓자마자 사라졌고 히데사토는 가족들과 하인들에게 간밤에 있었던 일을 모두 들려주었다.

용왕이 그에게 준 선물들은 모두 마법의 힘을 가진 것들이었다. 단 하나, 방울은 어디서든 볼 수 있는 평범한 것이어서 히데사토에게는 크게 쓸모가 없었다. 그래서 근처 절에 걸어두고는 시간을 확인하는 용도로 사용하였다. 그 외의 나머지 것들은 모두 놀라운 것들이었다. 일단 쌀자루는 아무리 쌀을 퍼내도 그 양이 줄어들지 않았다. 매일 매일 온 식구들이 먹을 쌀을 꺼내도 자루 속 쌀은 평생 줄지가 않았다. 비단 역시 마찬가지였다. 매일 비단을 길게 잘라 옷을 만들어 입어도 그 길이는 절대 줄어들지 않았다. 솥 역시 평범한 것이 아니었다. 그 안에 무엇을 넣든 불이 없이도 맛있는 요리가 만들어지는 것이었다. 불이 없이도 음식을 만들 수 있다니 그 당시로서는 정말 획기적인 도구였다.

히데사토의 부에 대한 소문이 널리 널리 퍼져나갔다. 쌀이나 비단, 불에 전혀 돈을 쓸 일이 없었기 때문에 그는 더욱더 부유해져갔다. 그때부터 그는 '쌀자루의 왕'으로 불리게 된 것이다.

야마토 왕자

　태곳적부터 신성하게 여겨지는 세 가지 보물이 새겨져 있는데 야타의 거울, 야나카미의 보석, 그리고 무라쿠모의 검이 그 보물들이다. 이 중 무라카모의 검은 후에 '카사나기 노 츠루구기' 혹은 '풀을 베는 검'으로 더 잘 알려져 있다. 이 검은 세 보물 중에서도 가장 귀하고 명예로운 것으로 여겨졌는데 힘과 권력의 상징이었으며 선조들의 신성한 사원 안에서 휘두르는 한 세상의 어느 누구도 무찌를 수 있는 부적 같은 것이었기 때문이다.

　약 2천 년 전 쯤 이 검은 이테 사원에 보관되어 있었는데 그곳은 일본 황제들의 조상인 태양신 아마테라수를 모시는 곳이었다. 이제 그 검의 이름이 어떻게 무라쿠모에서 카사나기로 바뀌게 되었는지에 관한 흥미로운 모험담을 듣게 될 것이다.

　아주 오래 전 옛날 케이코 황제의 둘째 아들이 태어났는데 그는 일본 왕조를 처음 세운 짐무 가문의 12번째 자손이었다. 황제는 그의 이름을 야마토라고 지었다.

왕자는 어린 시절부터 남다른 힘을 자랑했다. 뿐만 아니라 용맹하고 지혜롭기까지 해서 케이코 황제는 일찍감치 그가 큰 인물이 될 것이라 자신하며 다른 아들들보다 훨씬 더 아끼고 사랑하였다. 야마토 왕자가 어느덧 성인이 되었다. (고대 일본에서는 남자가 16살이 되면 성인이라 불렀다.)

그 시절 일본 왕국은 역적들로 골머리를 앓고 있었는데 그들 중 우두머리는 다름 아닌 황제의 두 형제 쿠마소와 타케루였다. 이 역적들은 법을 무시하고 권력에 저항하며 반항을 일삼으면서 즐거움을 찾는 아주 사악한 이들이었다. 결국 참다못한 케이코 황제는 야마토 왕자를 시켜 그들을 무찌르고 가능하다면 그들이 사는 땅까지 모두 뺏어버리라는 명령을 내렸다. 그 때 야마토는 16살, 막 성인이 된 나이였지만 불굴의 정신과 용맹함은 여느 성인 병사들 못지않았다. 누구도 무찌를 수 있는 용기와 대담함으로 보면 누구도 야마토에 대적할 수 있는 이가 없을 정도였으니 말이다. 그는 아버지의 명령을 흔쾌히 받아들였다.

야마토는 당장 길을 떠날 준비를 하였다. 그를 따르는 믿음직한 신하들과 함께 모여 갑옷을 닦고 차려 입느라 성 안은 시끌시끌하였다. 본격적으로 떠나기 전 그는 숙모인 야마토 공주에게 작별 인사도 하고 기도를 올리기 위해 이세 사원에 들렀다. 겁이 나는 것은 아니었지만 쉽지만은 않은 길이었기에 무거운 마음이

들어 태양신 아마테라수의 비호를 빌어야했기 때문이다.

숙모는 그를 반갑게 맞으며 아버지의 전폭적인 신임을 받은 조카를 장하게 여겼다. 그리고는 자신의 화려한 옷 한 벌을 야마토에게 건네주며 분명 요긴하게 쓰일 일이 있을 것이라며 행운을 빌어주었다. 그녀는 마지막까지 진심으로 그의 성공을 기원해 주었다. 왕자는 기쁜 마음으로 숙모의 선물을 받아들고는 머리가 땅에 닿도록 몇 번이고 절을 하였다.

"이제 떠나야 합니다."

왕자는 다시 자신의 병사들이 모여 있는 곳으로 돌아가 가장 선두에 자리하였다. 숙모의 가호에 힘을 얻은 그는 앞으로 닥칠 일들에 맞서 싸울 준비를 완벽하게 마쳤다. 드디어 성을 떠나 도적들이 살고 있는 남쪽의 기우시우 섬으로 향하였다.

섬에 도착하기까지는 그리 오래 걸리지 않았다. 그는 쿠마노와 타케루가 살고 있는 곳으로 조심스럽게, 그러나 당당한 걸음을 옮겼다. 하지만 생각지 못했던 난관에 부딪혔다. 그곳의 땅이 몹시 거칠고 울퉁불퉁하여 걷기가 너무 힘들었기 때문이다.

높이 솟아있는 가파른 산들과 빛이 들지 않는 깜깜하고 깊은 계곡에, 커다란 나무와 바위들이 길 중간 중간을 막고 있어 좀처럼 앞으로 나아갈 수가 없었다. 아무래도 이대로 계속 병사들을 이끌고 가기에는 무리가 있어 보였다. 하지만 왕자는 어린 나이답지 않게 엄청 지혜로운 청년이었다. 더 이상 앞으로 가는 것은 소용이 없을 것 같다고 생각하며 혼잣말을 했다.

"이런 거칠고 사방이 막힌 곳에서 전쟁을 벌이는 것은 오히려 상황을 더 어렵게 만들 뿐이다. 길을 뚫을 수도, 무작정 전투를 벌일 수도 없으니 작전을 세워 불시에 적들을 덮치는 것이 훨씬 현명한 방법일 것이다. 그러면 크게 힘을 들이지 않고도 그들을 죽일 수 있겠지."

그는 병사들에게 즉시 멈추라 명령하였다. 그리고는 함께 따라오던 부인 오토타치바나 공주를 시켜 숙모에게 받은 옷을 가지고와 여자로 변장하는 것을 도와 달라 하였다. 그는 부인의 도움을 받아 옷을 갈아입고 머리도 풀어 어깨까지 찰랑이게 하였다. 땋은 머리칼 속에 부인이 준 빗을 집어넣고 형형색색의 보석들로 한껏 꾸미기 시작했다. 놀랍게도 우리가 쉽게 떠올릴 수 있는 평범한 여인의 모습과 전혀 다를 것이 없었다.

몸단장을 끝내니 부인이 거울을 건네주었다. 야마토는 흡족한 모습으로 거울 속을 들여다보았다. 아주 완벽한 변장이었다. 그는 스스로도 못 알아볼 정도로 완전 딴 사람으로 변해있었다. 용맹한 병사의 모습은 온데간데없이 빼어난 미모의 아름다운 여인만이 거울 속에 비치고 있었다.

완벽한 변장을 마친 그는 적들이 머물고 있는 곳으로 홀로 향하였다. 가슴팍 근처 옷 주름 속에는 날카로운 단검 하나를 숨겨 두고 있었다. 쿠마소와 타케루는 천막 안에 앉아 시원한 저녁 바람을 즐기며 최근에 전해들은 소식들에 관해 이야기를 나누고 있었다.

황제의 아들이 자신들 무리를 소탕하기 위해 엄청난 규모의 병사들을 데리고 그곳에 왔다는 것이었다. 그들 둘 다 야마토에 대한 명성은 익히 들어 알고 있었다. 이 세상에 아무것도 무서울 것 없는 그 도적들에게도 그는 위협적인 존재였다. 그러다가 문득 위를 올려다보았는데 천막 틈 사이로 화려한 옷을 입은 아리따운 여인이 가까이 다가오고 있는 것이었다. 그녀 뒤로 후광이 비치는 것이 꼭 환영의 모습처럼 보이기도 했다. 감쪽같이 변장한 자신들의 적이라고는 상상도 하지 못했다.

"정말 눈부시게 아름다운 여인이구나! 어디서 저런 어여쁜 여인이 나타난 것인가?"

눈부신 여인의 모습에 넋을 잃은 쿠마소는 전쟁은커녕 다른 모든 것을 잊은 채 그녀만을 뚫어지게 바라보고 있었다. 그러더니 손짓으로 여인을 불러 자리에 앉으라 하고 술까지 한 잔 따라보라고 하였다.

야마토는 자신의 작전이 완벽하게 성공한 것에 희열을 느끼며 속으로 만족한 웃음을 짓고 있었다. 하지만 전혀 내색하지 않으며 수줍어하는 여인의 모습을 완벽하게 연기하였다. 사슴 같은 순수한 눈망울로 사뿐사뿐 조심스럽게 걸음을 내딛으며 그들 옆으로 가까이 갔다.

쿠마소는 그녀의 아름다움에 혼이 빠져 쉴 새 없이 술잔을 내밀고 있었다. 결국 그는 몸도 제대로 가누지 못할 만큼 취해버렸다. 야마토는 바로 이 순간만을 기다리고 있었다. 그는 술잔을 멀리 던져버리고 가슴팍에 숨겨두었던 단검을 꺼내 쿠마소를 붙잡고 한번에 찔러 죽여 버렸다. 옆에 있던 타케루는 너무나도 놀라 냅다 도망가려 했지만 야마토의 속도를 이길 수는 없었다. 천막에 막 다다를 찰나 야마토의 손에 옷단이 잡히고 말았다. 그 순간 눈앞에서 단검이 번쩍거리더니 이내 심장이 찔린 채 땅에 쓰러지고 말았다. 하지만 단번에 숨이 끊어지지는 않았다.

"잠시만!"

타케루가 숨을 헐떡거리며 야마토의 손을 다급하게 잡았다. 그가 손의 힘을 조금 풀고는 물었다.

"내가 왜 멈춰야 하느냐, 이 못된 악당아!"

타케루가 여전히 겁에 질린 모습으로 몸을 일으키며 말했다.

"어디서 온 누구인지 먼저 말해다오. 여태 나는 우리 형님과 내가 이 땅에서 가장 힘이 세다고 자신했었다. 그동안 우리를 이긴 자가 없었기 때문이지. 하지만 너는 혼자 왔음에도 불구하고 우리를 손쉽게 공격했지 않느냐. 필시 인간은 아닌 것 같은데 말이다."

그러자 야마토는 만족스러운 미소를 띠며 대답했다.

"나는 황제의 아들 야마토 왕자이다. 이 나라의 모든 역적들을 죽이라는 아버지의 명령을 받고 이곳에 온 것이다. 더 이상 이 나라 사람들이 살인자들이나 도적들 때문에 공포에 떠는 일은 없을 것이다."

그는 피가 뚝뚝 떨어지는 단검을 타케루의 머리 위로 쳐들었다.

"아." 그는 겨우 한숨을 내뱉었다.

"너에 대한 소문은 종종 들어왔다. 우리를 이렇게 가볍게 물리치는 것을 보니 정말 듣던 대로 어마어마한 힘을 가진 자가 맞구나. 그런 의미로 너에게 새로운 이름을 지어주고 싶다. 이제부터 너는 야마토 타케로 불릴 것이다. 야마토에서 가장 용감한 남자라는 의미로 우리의 지위를 너에게 주겠다."

그 말을 끝으로 타케루는 숨이 끊어지고 말았다. 그렇게 야마토는 큰 어려움 없이 아버지의 적들을 죽일 수 있었고 이제 집으로 돌아가기만 하면 되는 것이었다. 중간에 이둠 주를 통과해야 했는데 그곳에서 또 다른 도적 이즈모 타케루와 마주쳤다.

그는 일본 땅에서 엄청난 악행을 저지른 자였다. 야마토는 아까 써먹었던 작전을 한 번 더 이용하여 그와 한 편인 척 연기를 하기 시작했다. 그리고는 나무로 검을 만들어 원래 가지고 있던 검의 자루 속에 숨겨두었다. 기회가 올 때 언제든 그를 죽일 수 있게 끔 하루 종일 허리춤에 칼자루를 차고 다녔다.

야마토는 이즈모를 히노카와 강둑으로 불러 함께 수영이나 하자고 제안하였다. 무더운 여름날이었던 탓에 이즈모는 그의 제안을 거절할 이유가 전혀 없었다. 그가 물속에서 한창 수영하는 중간에 야마토는 몰래 물에서 빠져나왔다. 칼자루에 넣어두었던 나무 검을 꺼내어 몰래 이즈모의 칼집에 넣어두었다. 곧 물 밖으로 나온 이즈모는 무슨 일이 벌어졌는지 알 리가 없었다. 그가 다시 옷을 걸치자마자 야마토는 그에게 검술 대결을 펼치자고 제안하였다.

"우리 중 누가 더 뛰어난 검객인지 겨루어보자!"

이즈모는 자신의 승리를 확신하며 기꺼이 대결 신청을 받아들였다. 이둠에서 가장 유명한 칼잡이였던 그는 자신의 상대가 누구인지 알지 못했다. 재빠르게 검의 손잡이를 쥐고는 방어 태세를 갖추었다. 아! 이런! 하지만 그가 잡은 것은 야마토가 바꿔치기 해놓았던 나무 검이었던 것이다. 게다가 칼자루에 꽉 끼어버려 아무리 힘을 써도 빠질 생각이 없었다. 하긴 검을 빼낸다 한들 나무로 만든 검이 무슨 소용이겠냐 만은. 야마토는 바로 코앞에 있는 이즈모를 향해 힘껏 검을 휘둘러 단숨에 그의 목을 베어버렸다.

이렇게 야마토는 어떨 때는 지혜로움을 이용하여, 또 어떨 때는 말 그대로 힘을 이용하여, 또 어떨 때는 속임수를 이용하여 아버지의 적들을 차례로 물리칠 수 있었다. 지금에야 속임수를 쓰는 것을 비열한 방법으로 여기는 사람들이 많지만 그 시절에는 오히려 더 지혜롭고 현명한 것으로 평가받았다. 어쨌든 이제 일본 땅에는 평화가 찾아올 일만 남은 것이었다.

황제는 적들을 무찌르고 무사히 집으로 돌아온 아들을 크게 칭찬하며 성대한 축제를 열고 엄청난 상까지 내렸다. 그는 전보다 훨씬 더 아들을 아끼고 끔찍이 생각하며 절대 자신의 옆에서 떨어지지 말라고 명령하였다. 이제 야마토는 그가 가장 귀하게 여기는 무기만큼이나 소중한 존재가 된 것이었다. 하지만 그렇게 영원히 아무것도 하지 않고 아버지 옆에서 가만히 있을 수만은 없었다.

그가 30살쯤 되었을 때 새로운 소식이 들려왔다. 이주민들과의 전쟁에서 패하여 북쪽으로 쫓겨났던 원주민 아이누족이 동쪽 지방에서 반란을 일으키고 있다는 것이었다. 그들이 점차 영역을 넓혀오고 있는 탓에 일본 땅에 큰 분쟁이 벌어지고 있었다.

황제는 병사들을 보내 전쟁을 일으켜 그들을 정신 차리게 만들어야겠다고 생각했다. 하지만 누가 엄청난 규모의 병사들을 이끌 것인가? 그 즉시 야마토는 자신이 병사들을 이끌고 가 당장 반란군을 제압하겠다고 하였다. 하지만 황제는 끔찍하게 아끼는 아들을 위험한 전쟁터에 보내기는커녕 단 하루도 떨어져있고 싶지 않았다. 하지만 야마토만큼 힘이 세고 용감한 병사가 없는 것도 사실이었다. 어쩔 수 없이 아들의 말대로 할 수밖에 없었다.

아들이 떠날 시간이 되어 왕은 그에게 '팔 길이의 여덟 배나 되는 감탕나무 검'(아마 손잡이가 감탕나무로 만들어져 그런 이름을 붙인 듯하다.)을 건네주며 당장 동쪽 지방의 야만인(그 당시 아이누족들을 그렇게 불렀다.)들을 물리치고 오라고 명령하였다.

그 시절 감탕나무 검이 얼마나 귀한 것이었냐면 오늘 날의 왕기나 국기가 가지는 의미와 비슷하다고 생각하면 될 것이다. 전쟁이 일어날 때마다 왕이 병사들에게 수여하는 것이었다. 야마토는 공손히 검을 받아들고는 병사들과 함께 드디어 동쪽 지방으로 길을 떠났다. 그는 일단 이세 사원에 들러 신께 기도를 드렸다. 여승이자 그의 숙모인 야마토 공주가 그를 반갑게 맞이하였다. 서쪽 지방의 도적들을 물리칠 때 아주 요긴하게 사용한 옷을 준 바로 그 숙모 말이다.

야마토는 숙모에게 그동안 있었던 일들을 모두 들려주며 그녀가 준 옷 덕분에 성공적으로 적들을 물리칠 수 있었다며 진심으로 감사의 인사를 전하였다. 다시 한 번 먼 길을 떠나는 조카를 위해 숙모는 절 안으로 들어가 또 다른 무언가를 가지고 나왔다. 직접 만든 예쁜 가방과 검 한 자루였다. 가방에는 부싯돌들이 잔뜩 들어있었는데 성냥이 없던 시절 불을 피우기 위해 사용하는 것이었다.

　야마토는 검과 가방을 받아들었다. 그 검은 대일본제국 휘장에 새겨진 세 가지 보물 중 하나인 무라쿠모의 검이었다. 조카의 승리와 행운을 비는 부적 중 그보다 더 효과적인 것이 없을 것 같았다. 그녀는 언젠가 반드시 필요할 때가 있을 테니 요긴하게 잘 쓰라는 말도 덧붙였다.

　야마토는 숙모에게 작별 인사를 건네었고 이번에도 무리의 가장 선두에 위치하여 병사들을 이끌고 다시 길을 떠나기 시작했다. 오와리 주를 통과하여 수루가 주에 도착하였다. 수루가 총독은 성대한 잔치를 열어 그를 환영하였다.

　연회가 끝나고 자기 지역에서는 사슴 고기가 아주 훌륭하다며 그에게 같이 사냥을 나가자고 제안하였다. 총독이 겉으로만 환대하는 척 자신을 속이는 줄은 꿈에도 모른 채 야마토는 기뻐하며 그러자고 하였다. 그는 무성한 풀들이 가득 자라있는 드넓은 평원으로 야마토를 데리고 갔다.

　그는 자신을 죽이기 위해 파놓은 덫이라는 것은 상상도 못하고 그저 신이 나서 말을 타고 사슴 사냥에 열중하고 있었다. 그런데 갑자기 눈앞에 보이는 풀들이 활활 타오르며 검은 연기를 뿜어내는 것이었다. 깜짝 놀라 뒤쪽으로 빠져나가려 방향을 트는 순간 그곳 역시 엄청난 불길이 솟아나고 있었다. 게다가 불은 양옆의 풀들에까지 옮겨 붙어 순식간에 뜨거운 화염으로 사방이 둘러싸인 것이었다. 빠져나갈만한 공간이 없나 주위를 둘러보았지만 도저히 방법이 없어보였다. 말 그대로 그는 불구덩이 한 가운데에 놓여있었다.

"저들이 사슴 사냥을 미끼로 나를 속였구나!"

도무지 줄어들 기미가 없어 보이는 불꽃을 바라보며 야마토가 말했다.

"그들이 파놓은 함정에 빠지다니 이렇게 어리석을 수가!"

그는 아까 보았던 총독의 비열한 미소를 떠올리니 분노가 치밀어 이를 바득바득 갈고 있었다. 코앞까지 죽음이 다가온 상황이었지만 야마토는 전혀 당황하지 않았다. 그 순간 숙모에게 받은 것들이 떠올랐기 때문이다. 숙모는 마치 이런 상황을 예견이라도 한 듯 검과 가방을 준 것 같았다.

그는 가방을 열어 부싯돌을 꺼내고는 발 옆에 펼쳐진 수풀에 불을 붙였다. 그리고는 무라쿠모 검을 꺼내어 순식간에 양 옆의 기다란 이파리들을 빠르게 베기 시작했다. 그는 방법이 없다면 기꺼이 죽을 각오까지 되어있었다. 그렇다고 마냥 손을 놓고 가만히 기다리고 있는 것도 아니었다.

그 순간 놀라운 일이 벌어졌다. 여태 그가 서있는 방향으로 불어오던 바람이 반대 방향으로 불어가기 시작하는 것이었다. 방금 전까지만 해도 활활 타오르는 수풀에 잡아먹힐 것 같았는데 말이다. 그는 상처는커녕 머리카락 한 올도 타지 않고 무사히 그곳에서 빠져나올 수 있었다. 반대쪽으로 불어가던 바람은 순식간에 강풍으로 변하더니 수루가 총독을 집어삼키고 말았다. 야마토를 죽이기 위해 피운 불길에 스스로 목숨을 잃고 만 것이다.

야마토는 자신이 무사히 살아난 것을 무라쿠모 검과 태양신 아마테라수의 공으로 돌렸다. 특히 아마테라수는 바람뿐만 아니라 세상의 모든 것들을 다스리는 능력이 있어 자신을 숭배하는 인간들의 안전을 책임지는 신이었기 때문이다. 야마토는 경의의 표시로 몇 번이나 검을 머리 위로 들어 올렸다. 검의 이름을 '쿠사나기 노 츠루기' 혹은 '풀을 베는 검'이라고 새롭게 지었다. 뿐만 아니라 자신이 무사히 빠져나온 그 초원의 이름도 '야이즈'라고 지어주었다. 오늘날 까지도 도카이도선이 지나다니는 지역에 야이즈라는 곳이 있는데 바로 이 놀라운 일이 벌어진 초원인 것이다.

불굴의 야마토는 이렇게 적이 파놓은 덫에서도 무사히 빠져나올 수 있었다. 뛰어난 역량과 기지, 그리고 어떤 상황에서도 겁먹지 않는 용기 덕분에 적들을 물리칠 수 있었던 것이다. 그는 야이즈 초원을 떠나 계속해서 동쪽으로 길을 향했다. 마침내 이드주 해변에 도착하였는데 바다만 건너면 카드주사에 갈 수 있는 것이었다.

 부인 오토타치마나 공주 역시 엄청난 위험과 역경에도 불구하고 계속해서 야마토의 뒤를 따라오고 있었다. 남편을 위해서라면 긴 여정이나 전쟁의 위험 따위는 별것도 아니었다. 남편에 대한 사랑이 너무나도 커 그가 전장을 향해 길을 떠날 때 검을 쥐어주거나, 몹시 지친 모습으로 돌아오면 그의 시중을 드는 것만으로도 그녀는 굉장히 만족해하였다. 하지만 야마토의 머릿속에는 온통 전쟁과 승리에 대한 생각뿐이었다. 부인을 챙길 겨를이 없었다.

 먼 길을 이동하느라 지쳤을 뿐만 아니라 남편의 쌀쌀맞은 태도에 그녀는 점점 생기를 잃고 뽀얗던 피부도 상당히 검게 그을려졌다. 거기다가 야마토는 부인에게 여기 있을 것이 아니라 집에 틀어박혀 집안일이나 하는 것이 당신이 할 일이라는 말까지 해버렸다. 하지만 그런 못된 말에도 부인은 그를 떠날 생각이 전혀 없었다. 그러나 어쩌면 그렇게 하는 것이 그녀에게 훨씬 좋은 일이었을지도 모르겠다.

 이드주로 향하던 중 오와리를 지나며 그녀의 마음이 크게 다친 일이 있었기 때문이다. 그곳에는 소나무들로 둘러싸인 으리으리한 성이 한 채 있었는데 미야즈 공주가 살고 있는 곳이었다. 그녀는 화창한 봄날 불그스름하게 밝아오는 새벽녘 만개한 벚꽃 같은 눈부신 아름다움을 가진 것으로 유명했다. 눈처럼 새하얀 피부를 가진 그녀는 입고 있는 옷 역시 아주 우아하고 눈이 부셨다.

먼 곳까지 걸어서 이동할 일도 없었으며 뜨거운 태양 아래에 한참 서있을 일도 전혀 없는 공주였기 때문이다. 너무나도 아름다운 공주의 모습을 보니 야마토는 지저분한 옷차림에 얼굴은 까맣게 탄 자신의 부인이 왠지 부끄러워졌다. 그리하여 공주를 보러 갈 때는 부인에게 따라오지 말고 천막 안에서 가만히 기다리고 있으라 하였다.

야마토는 몇날 며칠을 공주의 아름다운 성과 정원에서 지내며 쾌락을 즐기느라 정신이 빠져 있었다. 상처를 받고 매일 눈물 짖고 있는 부인 생각은 조금도 하지 않았다. 하지만 그 와중에도 부인의 인내심은 대단했다. 여전히 남편에게 도리를 다하며 어떤 불평의 말도 입 밖으로 꺼내거나 인상을 찌푸리는 일조차 없었다. 언제나 그랬듯 남편이 돌아오면 환하게 웃으며 그를 맞이하였고 그가 가는 곳은 어디든 함께 하였다.

이제 야마토는 이드주를 떠나 카드주사로 가야할 시간이 되었다. 자신은 미야주 공주에게 작별인사를 하러 갈 테니 부인에게는 신하들 속에 서서 가만히 기다리고 있으라 하였다.

화려한 예복을 입고 그를 배웅하러 나온 공주의 모습은 평소보다도 훨씬 아름다웠다. 그 모습에 넋을 잃은 야마토는 부인이 있다는 사실도, 자신의 지위와 임무도 까맣게 잊은 채 전쟁이 모두 끝나면 다시 오와리로 돌아와 그녀와 결혼하겠다고 맹세하였다. 그 순간 부인과 눈이 마주쳐버렸다. 깜짝 놀라 동그래진 그녀의 눈에는 뭐라 말로 표현하기 힘들 정도의 깊은 슬픔과 절망이 가득 담겨 있었다. 아차 잘못했구나 싶었다. 하지만 이내 아무렇지 않은 척 말 위에 올랐다. 부인에게 미안하다는 말조차 없었다.

이드주 해변에 도착하자 병사들이 바다를 건널 배를 찾기 시작했다. 하지만 그 많은 병사들을 모두 태울 수 있는 배를 찾기란 쉽지 않았다. 그 때 야마토가 큰 소리로 웃으며 외쳤다.

"이곳은 진짜 바다도 아니다! 고작 개울 정도밖에 안되는데 그 많은 배가 필요할 이유가 없다. 한 발짝 뛰면 금방이라도 건널 수 있을 것 같구나."

하지만 그들이 탄 배가 물살을 타자마자 갑자기 먹구름이 몰려오더니 거센 비바람이 몰아치기 시작했다. 파도는 산꼭대기까지 몰아치고 거센 바람과 천둥번개까지 몰려오고 있었다.

야마토와 오토타치바나, 그리고 모든 병사들을 태운 배는 거세게 요동치는 파도에 휩쓸리며 금방이라도 바닷물에 잡아먹힐 것 같았다. 바다 깊숙이 살고 있는 용왕 킨진이 야마토의 웃음소리를 듣고 골탕을 먹이는 것이었다. 얼핏 봐서는 개울정도로 보이는 바다가 얼마나 무서운 힘을 가지고 있는지 제대로 보여주기 위해 엄청난 비바람을 불러온 것이었다.

잔뜩 겁에 질린 그들은 얼른 닻을 내리고 배의 키를 잡고는 어떻게든 살려고 몸부림을 쳤다. 하지만 아무 소용이 없었다. 폭풍은 점점 더 거세질 뿐이었다. 다들 체념하고 죽음을 받아들일 수밖에 없다는 표정이었다. 그때 오토타치바나가 벌떡 일어서더니 자신을 희생해서라도 남편의 목숨을 구할 수 있다면 기꺼이 그러겠다고 하였다. 남편이 준 큰 슬픔과 고통도 차마 그녀의 사랑을 이길 수는 없었다. 배는 여전히 거센 파도에 밀려가고 있었으며 바람 역시 몸을 가누지 못할 정도로 몰아치고 있었다.

"이 모든 재앙은 내 남편 야마토 왕자가 감히 린긴 용왕의 바다를 비웃어서 생긴 것입니다. 그러니 나 오토타치바나가 남편 대신 목숨을 바쳐 그의 화를 잠재우겠습니다."

그러더니 이번에는 바다를 향해 큰 목소리로 외쳤다.

"내가 대신 야마토 타케의 잘못을 책임지겠다. 기꺼이 내 목숨을 이 바다에 바칠 테니 남편만큼은 무사히 카주사로 데려다다오."

그 말을 끝으로 부인은 여전히 사납게 부글거리고 있는 바닷물 속으로 몸을 던졌다. 그녀의 모습은 곧 소용돌이 속으로 사라져 버렸다. 순간 놀랍게도 비바람이 멈추었고 언제 그랬냐는 듯 온 바다가 잠잠해졌다. 그녀의 희생으로 바다신들의 화가 누그러졌고 먹구름도 완전히 몰려갔으며 화창한 여름날의 태양도 다시 눈부시게 반짝이고 있었다.

야마토는 부인의 바람대로 무사히 바다를 건너 카주사에 도착할 수 있었다. 이후 아이누족과의 전쟁에서도 손쉽게 승리를 거머쥐었다. 모든 것이 무사히 끝난 것에 대해 야마토는 그 공을 모두 부인에게 돌렸다. 가장 위험했던 순간에 기꺼이 몸을 던져 자신을 살려준 그녀를 생각하니 그동안 무뚝뚝하고 퉁명스럽게 굴었던 것이 미안해지며 마음이 눅눅해졌다. 이후 단 한 순간도 그녀를 잊을 수가 없었다.

부인의 사랑과 충성심, 선한 마음을 너무 늦게 깨닫게 된 것이었다. 전쟁을 끝내고 고향으로 돌아오는 길에 우수이 토게라는 이름의 높은 지대를 지나게 되었다. 발아래에는 엄청난 장관이 펼쳐져있었다. 푸른 산과 울창한 숲, 초록 들판들이 눈앞에 화려하게 펼쳐졌고 마치 은색 리본처럼 굽이진 강물과 저 멀리 보이는 바닷물은 눈부시게 반짝거리며 흐르고 있었다. 부인이 몸을 던졌던 바로 그 바다를 바라보며 야마토는 양 팔을 쭉 뻗고 그동안 비웃었던 그녀의 충성심과 사랑을 떠올렸다. 순간 목이 메어 울음을 참을 수가 없었다.

"아즈마(부인)! 아즈마!"

그는 목청껏 부인을 불렀다. 오늘날까지 도쿄에는 아즈마라는 지역이 있는데 바로 야마토의 외침에서 유래된 곳이다. 또한 오토타치바나가 뛰어든 바다도 지금까지 사람들에게 잘 알려져 있다. 비록 살아있는 동안에는 행복하지 못했지만 그녀의 착한 마음과 용기 있는 죽음은 영원히 역사에 남아 사람들의 기억 속에 자리할 것이다.

야마토는 이제 아버지의 명령을 완벽하게 수행하였다. 모든 적들을 물리쳐 그들이 살던 땅에도 평화를 가져왔으니 그의 명성은 날로 커져갔다. 이제 일본 땅에는 그와 대적할 수 있는 자가 없었다. 힘이 셀 뿐만 아니라 그 지혜로움도 감히 당할 수 있는 자가 없었다. 이제 드디어 고향으로 돌아갈 일만 남았다. 하지만 왔던 길과 다른 길을 통해 가면 재밌을 것 같다는 생각이 들어 이번에는 오미주 쪽으로 들어왔다.

마침 그곳의 사람들은 잔뜩 겁에 질려 한바탕 소동이 벌어지고 있었다. 집집마다 울음소리가 끊이질 않았다. 무슨 일인가 싶어 물어보니 저기 산 속에 끔찍한 괴물 하나가 나타났다는 것이었다. 매일 산에서 내려와 마을을 덮치고 닥치는 대로 사람을 잡아먹는다고 하였다. 그제야 둘러보니 많은 집들이 무너져있었고 남자들은 일하러 나가는 것을, 여자들은 쌀을 씻으러 강가에 나가는 것조차 몹시 두려워하고 있었다. 이 말을 들은 야마토가 가만히 있을 리가 없었다. 그가 사나운 목소리로 외쳤다.

"나는 가장 서쪽 지방인 규슈부터 가장 동쪽에 있는 에조까지 모든 적들을 물리쳤다. 더 이상 법을 어기거나 감히 황실에 반기를 드는 자가 없을 텐데, 심지어 교토와 가까운 이곳에 사악한 괴물이 살고 있다니 정말 희한하면서도 심각한 문제이구나. 감히 사람들을 공포에 떨게 만들다니! 하지만 그 무자비한 짓도 이제 곧 끝을 보게 될 것이다! 당장 그 괴물을 찾아 단번에 목숨을 끊어 놓고 말 것이다!"

야마토는 괴물이 살고 있다는 이부키 산으로 당장 향했다. 꽤 한참을 오르던 중 굽이진 길 중간에서 말로만 듣던 그 괴물 뱀과 딱 마주쳤다.

"네가 바로 그 괴물이군." 야마토가 말했다.

"검조차도 필요 없겠구나. 맨손으로도 충분히 죽일 수 있겠다."

그는 즉시 뱀을 덮쳐 양손으로 그의 목을 졸랐다. 허무하게도 그 괴물은 힘 한 번 제대로 써보지도 못하고 죽어 버렸다. 갑자기 하늘이 컴컴해지더니 비가 쏟아지기 시작했다. 앞이 안 보일 정도로 비가 내려 어느 길로 가야할지 알 수가 없었다. 하지만 그것도 잠시, 여기저기 길을 더듬거리며 가다보니 하늘이 다시 개면서 무사히 산을 내려올 수 있었다.

하지만 산을 다 내려오자마자 그는 두 발이 마치 불에 타는 듯한 고통이 느껴졌다. 그 짧은 순간에 뱀이 자신을 물었던 것이다. 걷기는커녕 움직이는 것조차 힘들 만큼 고통스러웠다. 그 산에서 유명하다는 온천수까지 겨우 몸을 끌고 갔다. 마치 땅 바로 밑에

용암이 있는 듯 물이 바글바글 끓어오르고 있었다.

   매일 온천수에 몸을 담그다보니 점점 상처도 없어지고 다리도 움직일 수 있게 되었다. 이제 웬만큼 다리를 움직일 수 있게 된 그는 얼른 이세 사원으로 향했다.

   긴 여정을 떠나기 전 기도를 올렸던 그 사원을 기억할 것이다. 그가 떠나기 전 행운을 빌어주었던 숙모가 그를 기쁘게 맞아주었다. 야마토는 그동안 얼마나 위험한 일들이 있었는지, 하지만 그럼에도 불구하고 어떻게 적들을 물리치고 무사히 돌아오게 되었는지 모든 이야기들을 들려주었다. 조카의 용기와 대담함을 크게 칭찬하며 가장 화려한 옷으로 갈아입고는 태양신 아마테라수에게 그의 무사귀환을 감사하는 기도를 올렸다. 야마토 타케의 이야기는 이렇게 행복한 끝을 맞았다.

영원히 살고 싶은 남자

아주 오래 전 옛날 센타로라는 한 남자가 살고 있었다. 그의 성은 '백만장자'를 의미했는데 그 정도로 부유하지는 않았지만 그렇다고 가난한 것도 아니었다. 그는 돌아가신 아버지가 물려주신 돈으로 하루하루를 무의미하게 보내고 있었다. 32살이 될 때까지는 딱히 일을 할 생각도 없었다.

어느 날 갑자기 그의 머릿속에는 죽음과 병에 관한 생각이 가득차기 시작했다. 왜 갑자기 그런 생각을 하게 되었는지는 스스로도 알 수가 없었다. 그는 혹시나 심각한 병에 걸리거나 죽게 되면 어떡하나 하는 생각에 점점 고통스러워졌다.

"난 절대 죽기 싫어." 그는 혼잣말을 했다.

"나는 어떤 병에도 걸리지 않고 최소 오륙백 년은 살 거야. 인간의 평균 수명은 너무 짧단 말이지."

그는 만약 지금부터라도 소박하고 검소하게 살면 아무래도 수백 년 동안 살 수 있지 않을까 생각했다. 그는 고대 역사 기록에서 천년 이상 건강하게 산 황제들의 이야기를 본 적이 있다. 또한 500살까지 산 야마토 공주는 가장 최근까지 생존한 인물이었다. 센타로는 중국의 왕 신노시코의 이야기를 종종 들은 적이 있다.

그는 중국 역사상 가장 뛰어난 능력의 통치자 중 하나로 알려져 있었는데 유명한 만리장성을 포함한 많은 성들을 지은 왕이었다. 그는 자신이 원하고 바라는 것은 무엇이든 손에 넣을 수 있는 왕이었다. 엄청난 부와 화려한 궁전, 지혜로운 신하들, 그리고 그를 존경하는 백성들까지 가진 그의 삶에는 부족함이란 없었지만 결코 행복하지는 않았다. 언젠가는 죽을 것이고 그럼 이 모든 것들을 남겨두고 떠나야한다는 것을 알고 있었기 때문이다.

잠자리에 들 때도, 아침에 눈을 뜰 때도, 그리고 하루 종일 나라를 돌보는 내내 죽음에 대한 생각을 떨쳐버릴 수가 없었다. 아, '불로장생약'을 구할 수만 있다면 더 바랄 것이 없었다.

황제는 결국 신하들을 한자리에 불러 모아 소문으로만 듣던 '불로장생약'을 구할 수 있는 방법이 없는지를 물었다. 조후쿠라는 이름의 늙은 신하가 말하기를 바다 건너 '호라이잔'이라는 나라가 있는데 그곳에 사는 은둔자들이 '불로장생약'을 가지고 있다고 했다. 누구든 그 약을 마시기만 하면 죽지 않고 평생을 살 수 있다 하였다.

그 말을 들은 황제는 당장 조후쿠에게 호라이잔으로 떠나 은둔자들을 찾아 유리병에 약을 담아오라고 명령하였다. 황제는 자신이 아끼는 배 중 하나를 조후쿠에게 내어주었다. 배 안에는 그들에게 선물로 줄 아름다운 광석과 보물들을 잔뜩 실었다. 조후쿠는 배를 타고 호라이잔으로 출발하였다. 하지만 그는 영영 돌아오지 않았다. 이후 들리는 소문에 의하면 전설 속의 나라 호라이잔은 현재 후지산과 같은 곳이며 조후쿠는 그곳을 지키는 수호신으로 살고 있다고 하였다.

센타로는 그 은둔자들을 찾아 나서기로 결심했다. 그들이 가지고 있는 불로장생약을 손에 넣어 죽지 않고 영원토록 살고 싶었다. 그는 어릴 적 은둔자들이 후지산 중에서도 가장 높은 꼭대기에 살고 있다는 이야기를 들은 기억이 났다. 마침내 불로장생약을 향한 그의 여정이 시작되었다. 울퉁불퉁 가파른 산길을 한참 지나 마침내 정상에 도달하였다. 하지만 은둔자의 모습은 전혀 보이지 않았다. 그는 낯선 산속에서 며칠을 헤매다가 마침내 사냥꾼 하나를 발견했다.

"불로장생약을 가지고 있는 은둔자들을 만나려면 어디로 가야 합니까?" 센타로가 물었다.

"그들이 어디 사는 지는 알려드릴 수가 없습니다."

사냥꾼이 대답했다.

"대신 이곳에 아주 악명 높은 도적이 하나 살고 있는데 소문에는 그를 따르는 무리가 200명이나 된다고 합니다."

사냥꾼의 엉뚱한 대답에 센타로는 짜증만 났다. 이런 식으로는 시간만 버릴 것 같아 바로 조후쿠의 사원으로 가보기로 했다. 전설에 따르면 조후쿠는 남쪽 지방의 은둔자들을 다스리는 수호신이었기 때문이다.

사원에 도착한 센타로는 조후쿠를 향해 정성스레 기도를 올렸다. 은둔자를 만나 그토록 갈망하던 불로장생약을 손에 넣을 수 있기를 바라며 간절히 기도하였다. 기도는 일주일 동안 계속되었다. 일곱째 날 자정 센타로가 무릎을 꿇으며 기도를 올리려는 순간 사원의 가장 안쪽에 있는 문이 열리면서 조후쿠의 모습이 나타났다. 그는 어둠 속에서도 환하게 빛나는 연기 사이로 나오더니 센타로의 이름을 부르며 가까이 오라고 하였다.

"네가 바라는 소원은 아주 이기적인 것이다. 그러니 거저 줄 수는 없다. 그 약을 얻기 위해서라면 직접 은둔자의 삶을 살 수도 있겠느냐? 은둔자로 산다는 것은 결코 쉬운 일이 아니다. 과일과 산딸기, 그리고 소나무 줄기만 먹고 살아야하며 세속과는 완전히 단절된 삶을 살아야 한다. 마음속에 있는 어떠한 작은 욕심도 버려야하며 모든 것을 내려놓을 줄 알아야 한다. 어느 정도 적응이 되면 배고픔이나 추위, 더위도 느끼지 못하게 되고 몸도 아주 가벼워질 것이다. 학이나 잉어 위에 올라탈 수 있을 정도로 말이다.

그럼 물에 젖을 일도 없겠지."

"내가 알기로 너는 여태 부족함 없이 넉넉하게 살아온 것으로 안다. 게다가 너는 몹시 게으르며 추위와 더위도 남들보다 더 못 견뎌하지 않느냐. 맨발로 다니거나 겨울에 옷 하나만 걸치고 다니는 것은 상상도 못할 일이겠지. 그런 고통을 감수하면서까지 원하는 것을 손에 넣을 자신이 있느냐?"

"하지만 네가 그렇게 간절히 원하니 다른 방법으로 도와줄 수는 있다. 너를 영생의 나라로 보내주겠다. 죽음이 감히 얼씬도 못하는 곳이지!"

조후쿠는 센타로의 손에 작은 종이학 한 마리를 쥐어주며 그의 등에 올라타면 영생의 나라로 데려다줄 것이라 하였다. 센타로는 반신반의한 표정으로 종이학 위에 몸을 실었다. 순간 조그마하던 종이학은 실제 새만큼 커지더니 날개를 펼치고 하늘 높이 날아오르는 것이었다. 즉시 산을 넘고 바다를 건너 날아갔다.

그는 엄청난 속도에 처음에는 겁이 났지만 시간이 지나자 점점 비행을 즐길 수 있었다. 그렇게 한참을 날았지만 학은 지치거나 굶주린 기색이 전혀 없었다. 하긴 종이로 만들어진 학이었으니 당연한 일이었다. 하지만 센타로 역시 마찬가지였다. 오랜 시간을 날았지만 배고픔도 피곤함도 전혀 느끼지 못했다. 그렇게 며칠이 지나고 그들은 한 섬에 도착했다. 센타로를 땅에 내려주자마자 학은 다시 원래의 크기로 돌아가 저절로 그의 주머니 속으로 들어갔다.

센타로는 호기심 가득한 눈으로 그곳을 둘러보았다. 영생의 나라에 사는 사람들의 모습은 어떤지 몹시 궁금했다. 일단 전체적으로 한 바퀴 돌아본 후 본격적으로 탐험을 시작했다. 모든 것이 낯설고 새로웠다. 하지만 한 가지 분명한 점은 모든 사람들이 그 풍요로운 땅에서 부족함 없이 살아가고 있다는 것이었다.

그곳이 꽤 마음에 든 센타로는 호텔 하나를 잡아 머물러 보기로 했다. 호텔 주인은 아주 친절했다. 센타로가 그곳에 처음 왔다고 하니 시장과 상의하여 그가 처음 사는 데에 필요한 모든 것을 돕겠다고 약속하였다. 게다가 그의 집까지 손수 구해 주었다. 드디어 센타로는 그토록 바라던 '영생의 나라'의 시민이 된 것이었다.

그곳에 사는 이들의 기억에는 여태 죽은 사람은커녕 병에 걸린 사람도 하나 없었다. 가끔씩 인도나 중국에서 건너온 성직자들이 '천국'이라는 나라에 대한 이야기를 들려주었다. 더없이 행복하고 만족이 가득한 그곳은 인간이 죽고 난 후에만 갈 수 있는 곳이라 하였다. 이 전설은 수 세기 동안 세대를 거쳐 전해져 왔지만 죽음이 무엇인지 정확하게 아는 이는 아무도 없었다. 죽고 나면 천국으로 간다는 것 외에는 말이다.

죽음에 대한 걱정을 껴안고 살던 센타로를 포함한 보통 사람들과는 전혀 반대로 그들은 가난하건 부유하건 상관없이 죽음을 바람직하고 좋은 것으로 여기며 오히려 그것을 바라고 있는 모습이었다. 그들은 이미 너무 오랜 세월을 살아온 터라 점점 지루함을 느끼며 말로만 들어온 천국이 과연 어떤 곳인지 몹시 궁금해 하고 있었다.

센타로는 그곳의 사람들과 이야기하면서 지금 자신이 있는 곳이 '도착(倒錯)된 세계'라는 것을 깨닫게 되었다. 말 그대로 영생의 나라에서는 모든 것이 반대였다. 그는 죽음을 피하기 위해 어떤 고통도 질병도 없는 이곳으로 온 것인데 반대로 그들은 오히려 죽는 것을 축복이라 여기고 있었으니 말이다.

센타로가 여태 독약이라 생각했던 음식을 그들은 아주 좋은 것으로 생각하며 먹었다. 반대로 센타로가 영생의 나라에서 맛있게 먹는 것들을 그들은 거부하기 시작했다. 이웃 나라에서 상인들이 올 때마다 부유한 이들은 독약을 사기 바빴다. 그들은 당장에라도 죽어 천국에 갈 수만 있다면 더 바랄 게 없다는 간절한 마음으로 독약을 한 입에 털어 넣었다. 하지만 그 이상한 나라에서는 독약조차도 아무 효과가 없었다. 아무리 독약을 마셔도 죽기는커녕 오히려 더 팔팔해질 뿐이었다.

그들에게 죽음은 상상 속에서나 가능한 것이었다. 부유한 이들은 수명을 이삼백 년만이라도 줄일 수 있다면 전 재산이라도 내놓을 기세였다. 특별한 일이라고는 일어나지 않는 나라에서 영원히 사는 것은 그들에게 지루함과 불행만 가져다줄 뿐이었다.

약국에서는 사람들을 늙게 만드는 약까지 팔고 있었다. 천년 동안 그 약을 먹으면 머리가 아주 약간 희어지고 소화능력이 조금 떨어진다는 것이었다. 그 소문이 전해지자마자 약국에는 약을 찾는 사람들의 발길이 끊이지 않았다. 게다가 식당에서는 위험한 생선으로 알려진 복어를 별미 음식으로 팔았고 행상인들은 스페인 파리로 만든 소스를 팔기도 하였다. 하지만 독이 가득한 그런 음식을 먹고도 누구 하나 앓는 이가 없었다. 사람들은 가벼운 감기조차 걸리지를 않았다.

센타로는 기뻐하며 혼잣말을 중얼거렸다. 자신은 절대 그곳에서 지루함을 느끼지 않을 것이며 죽음을 바라는 불경한 마음 따위는 가지지 않을 것이라 했다. 영생의 나라에서 행복한 사람은 센타로뿐이었다. 그는 끝나지 않는 영원한 인생을 평생 즐기며 살아갈 수 있을 것 같았다. 다시는 고향으로 돌아갈 생각이 없었던 그는 본격적으로 자리를 잡고 독립적으로 일을 시작했다. 하지만 몇 년 살다보니 처음 생각했던 것만큼 순탄한 삶은 아니었다. 일이 잘 안 풀려 엄청난 손해를 보거나 사람들과 갈등을 겪는 경우도 점점 더 늘어났다. 그의 불만은 점점 커져갔고 짜증만 늘어났다.

한편 시간은 잘도 흘러갔다. 아침부터 밤까지 눈코 뜰 새 없이 바쁘게 살았다. 그렇게 300년이 훌쩍 흘렀다. 그는 더 이상은 이렇게 살 수 없을 것 같았다. 당장 고향으로 돌아가고 싶었다. 아무리 세월이 지나도 이곳에는 어떤 변화도 없이 똑같은 일들만 일어날 것이다. 그런 곳에서 영원히 사는 것은 정말 지긋지긋하면서도 어리석은 일이었다. 한 때는 영원한 삶을 갈구했지만 이제는 어서 그곳에서 빠져나가고 싶을 뿐이었다. 센타로는 자신을 그곳에 오게 도와준 조후쿠를 떠올렸다. 이번에는 반대로 제발 고향으로 돌아가게 해달라는 기도를 정성스레 올리기 시작했다.

그가 기도를 마치자마자 주머니에 들어있던 종이학이 튀어 나왔다. 센타로는 그 오랜 세월 동안 어디 하나 찢어진 곳 없는 학의 모습에 깜짝 놀랐다. 종이학의 몸집이 다시 한 번 몸집이 거대해졌다. 센타로가 등에 올라타니 학은 금세 날개를 펼치고 높이 날아올라 바다를 건너 일본으로 향하기 시작했다. 하지만 얼마 가지 않아 센타로는 영생의 나라에 미련이 남아 돌아가고 싶었다. 그는 새를 멈추려고 했지만 아무 소용이 없었다. 새는 단 한 번도 쉬지 않고 바다 위를 날았다.

갑자기 비바람이 몰아치기 시작했다. 종이학의 날개가 젖어 쭈글쭈글 구겨지더니 이내 바다 속으로 떨어지고 말았다. 센타로는 물에 빠져 죽을 생각을 하니 잔뜩 공포에 질려 조후쿠를 부르짖으며 제발 살려달라고 목 놓아 외쳤다. 주위를 둘러보았지만 아무것도 없었다. 그동안 그는 바닷물을 엄청 마시며 점점 물속으로 가라앉고 있었다. 필사적으로 몸부림을 치던 그는 무시무시한 상어 한 마리가 가까이 헤엄쳐 오는 것을 발견하였다. 상어는 당장에라도 그를 잡아먹을 듯 입을 쫙 벌리며 다가오고 있었다. 순간 센타로는 온 몸이 마비된 듯 꼼짝도 할 수가 없었다. 이제 남은 것은 죽음뿐인 것 같았다. 그는 마지막으로 있는 힘을 다해 한 번 더 조후쿠에게 살려달라고 고래고래 소리를 질렀다.

아! 자신의 비명에 깜짝 놀라 벌떡 일어난 센타로의 모습을 보라! 사원에서 기도를 올리다가 깜빡 졸아버린 것이었다. 그 끔찍하고도 무시무시한 일들은 다행히도 꿈속에서 일어난 것이었다. 그는 식은땀을 줄줄 흘리며 한참 동안 정신을 차리지 못하고 있었다.

갑자기 밝은 빛 한 줄기가 그를 향해 비쳤다. 그곳에는 사자가 서있었다. 그의 손에는 책 한 권이 들려있었다.

"조후쿠가 너의 기도를 들으시고는 나를 보내셨다. 꿈을 통해 영생의 나라에서 살아보게 하신 것이다. 하지만 너는 얼마 가지 않아 그곳에서의 삶에 지루함을 느끼고 다시 이곳으로 돌아오게 해달라고 기도를 했지. 그래서 조후쿠는 정말 네가 죽기를 원하는지 시험해보기 위해 바다에 빠뜨려 상어까지 나타나게 한 것이다. 하지만 너는 죽고 싶은 것이 아니었다. 그 절망적인 상황에서도 조후쿠의 이름을 부르짖으며 살려달라고 외쳤으니 말이다."

"게다가 불로장생약을 갈망하거나 은둔자의 삶을 사는 것은 너에게는 어울리지 않는 것들이다. 욕심이 넘치고 검소하지도 않는 너는 자격이 없다. 그러니 고향으로 돌아가 앞으로는 성실하고 부지런하게 살길 바란다. 또한 조상들의 제사는 절대 빠뜨려서도, 까먹어서도 안 된다. 너와 후손들을 위해 반드시 지켜야 할 의무라고 생각하거라. 그렇게만 하면 오랫동안 행복하게 살 수 있을 것이다. 하지만 이제 죽음을 피하고 싶다는 생각은 그만 버리는 게 좋을 것이다. 이 땅의 어떤 인간도 영원히 살 수는 없다. 또한 간절히 바라던 것들이 이루어졌다고 해서 반드시 행복하지는 않다는 사실을 지금쯤이면 깨달았을 것이라 믿는다."

"이 책에는 너에게 도움이 될 만한 가르침이 많이 들어있다. 자세히 읽어보면 앞으로 어떤 마음가짐으로 살아야 하는지 깨달음을 얻게 될 것이다."

그 말을 마지막으로 사자는 순식간에 사라졌다. 센타로는 그의 말을 가슴 깊이 새기며 책을 들고 집으로 돌아갔다. 어리석은 욕심들도 모두 버렸다. 그 후 센타로는 책에 적힌 교훈을 늘 되새기며 성실하고 착하게 살기 위해 노력하였다. 그 결과 그와 가족들 모두 점점 더 행복하고 풍요로운 인생을 살아갈 수 있었다.

오색 바위와 황후 조크와

아주 오래전 옛날 후키 황제의 여동생 조크와가 왕위를 물려받아 나라를 다스리던 시절이 있었다. 그 때는 거인족의 시대라 조크와는 키가 25피트(약 7.5m)로 오라버니와 비슷할 정도였다. 그녀는 아주 뛰어난 능력을 가진 황후였다.

어느 날 후키 황제의 신하들 중 하나였던 역적에 의해 하늘나라 일부가 무너지고 그 아래를 바치는 기둥 하나가 부서진 일이 있었다. 이제부터 조크와가 어떻게 하늘나라를 무사히 복원할 수 있었는지에 관한 흥미로운 이야기를 듣게 될 것이다. 그 역적의 이름은 코카이였다.

키가 26피트(약 8m)는 되고 온 몸이 털로 덮여있었으며 쇳덩어리처럼 새까만 얼굴을 가지고 있었다. 그는 아주 못된 성질을 가졌지만 마법을 부릴 수 있는 자였다. 그는 후키 황제가 죽고 난 후 자신이 그 뒤를 물려받을 것이라 잔뜩 기대하고 있었다. 하지만 그의 여동생 조크와가 대신 그 자리에 오르자 자신의 계획이 모두 물거품 되고 만 것이었다. 그리하여 분노의 표시로 반란을 일으키기 시작한 것이었다.

일단 첫 번째로 물의 악마와 한 편이 되어 온 땅이 물에 잠기게 만들었다. 자신이 돌보는 백성들이 집을 잃고 곤경에 처한 모습을 본 조크와는 그 모든 것이 코카이의 짓임을 알고 그에게 전쟁을 선포하였다.

한편 그녀는 젊고 유능한 병사 하코와 에이코를 데리고 있었다. 둘 중 하코를 전체 부대를 이끄는 대장으로 임명하였다. 황후의 선택을 받은 하코는 들뜬 마음으로 전쟁에 나갈 준비를 하였다. 가지고 있는 창들 중 가장 길고 날카로운 것을 챙겨 붉은 말 위에 올라타고 떠날 준비를 마쳤다. 그때 뒤에서 전속력으로 달려오는 말발굽 소리가 들려왔다.

"하코! 멈추어라! 내가 병사들의 대장이다!"

뒤를 돌아다보니 에이코가 하얀 말을 타고 달려오고 있었다. 그는 당장이라도 하코를 베어버릴 기세로 검을 뽑아들고 달려왔다. 감히 겁 없이 덤벼드는 에이코의 모습에 화가 난 하코가 그를 향해 소리쳤다.

"건방진 녀석 같으니라고! 황후께서 나를 대장으로 임명하셨다. 그런데 감히 네가 나를 막겠다는 것이냐?"

"그렇다." 에이코 역시 지지 않고 큰 소리를 쳤다.

"내가 병사들을 이끌 것이다. 너는 잠자코 내가 하라는 대로만 따르면 된다."

뻔뻔한 그의 말에 하코는 더 이상 화를 참을 수가 없었다.

"정 그렇게 나온단 말이지. 그렇다면 나도 어쩔 수 없구나."

하코는 창을 뽑아들고 에이코를 향해 덤벼들었다. 하지만 에이코의 순발력도 만만치 않았다. 잽싸게 몸을 피하는 동시에 검을 뽑아들고 하코가 탄 말의 머리를 베어버렸다. 말에서 내린 하코가 그에게 돌진하려는 순간 에이코는 번개 같은 속도로 그의 가슴에 달린 휘장을 찢어버리고는 말을 타고 냅다 도망가는 것이었다. 워낙 순식간에 일어난 일이라 하코는 멍하게 그의 뒷모습만 바라보며 어찌할 줄을 몰랐다.

그 모든 상황을 지켜보고 있던 조크와는 야망 넘치는 에이코의 민첩함과 날렵함에 무척 감탄하였다. 그들 사이를 진정시키기 위해서는 어쩔 수 없이 둘 다 대장으로 임명하는 수밖에 없었다. 그리하여 하코는 왼쪽에서, 에이코는 오른쪽에서 부대를 이끌게 되었다. 십만 대군들이 코카이를 물리치기 위해 그들의 명령을 따라 움직이기 시작했다. 곧 그들은 코카이의 요새에 도착하였다. 적들을 발견한 코카이가 말했다.

"저 하찮은 둘을 한방에 날려버려야겠다."(그는 앞으로 얼마나 힘든 싸움이 벌어질지 상상도 하지 못하고 있었다.)

코카이는 쇠막대기와 함께 검정 말 위에 올라타고는 인간을 향해 달려드는 호랑이의 모습으로 적들을 향해 돌진하였다. 그의 모습을 본 하코와 에이코가 서로를 쳐다보며 말했다.

"절대 저 자를 살려줘서는 안 되겠다."

그들은 양쪽에서 검과 창을 뽑아들고 코카이를 향해 덤벼들었다. 하지만 그는 절대 만만한 상대가 아니었다. 쇠막대기를 물레바퀴처럼 빙그르르 돌리며 좀처럼 틈을 내주지 않았다. 한참 동안 그들 사이에 치열한 전투가 벌어졌다. 어느 쪽도 우열을 가릴 수가 없었다. 그 때 하코가 코카이의 공격을 피하기 위해 말의 방향을 급격하게 트는 바람에 그의 발굽이 바위틈에 걸리고 말았다. 깜짝 놀란 말이 비명을 지르며 앞발을 들어 올리는 바람에 하코는 땅에 굴러 떨어지고 말았다.

코카이는 그 순간을 놓치지 않고 날이 세 개 달린 검을 들어 올리며 땅에 쓰러진 하코를 찔러 죽이려 했다. 하지만 에이코가 한발 빨랐다. 코카이에게 덤벼들며 하코를 공격하지 못하게 막았다. 하지만 그는 이미 지칠 대로 지친 상태였다. 바로 코앞에 있는 적 에이코를 공격할 힘조차 남아있지 않았던 그는 갑자기 말을 돌려 꽁무니를 빼버렸다. 다행히 하코는 잠시 기절했던 것이었다.

정신을 차린 그는 말을 탄 에이코 옆에서 전속력으로 달리며 코카이의 뒤를 쫓기 시작했다. 바로 뒤에 말을 탄 에이코가 쫓아오는 모습을 본 코카이는 등에 매고 있던 화살통에서 활을 꺼내어 그를 향해 조준하였다. 하지만 앞에서 봤던 대로 에이코는 아주 날렵했다. 번개 같은 속도로 고개를 숙인 덕에 화살은 투구 끈에 빗맞고 힘없이 떨어져버렸다.

그들은 여전히 상처 하나 없이 너무 멀쩡했지만 그렇다고 화살을 하나 더 꺼내 날릴 수 있는 시간적 여유는 없었다. 살기 위해서는 마법에 모든 것을 걸어야만 했다. 지팡이를 앞으로 뻗는 순간 엄청난 바닷물이 몰려오기 시작했다. 하코와 에이코를 비롯한 그의 병사들이 힘없이 물살에 떠내려가고 있었다. 금세 목까지 잠겨오는 물속에서 주위를 둘러보니 코카이가 쇠막대기를 높이 쳐들고 가까이 다가오고 있었다. 곧 죽을 순간이 눈앞에 닥쳐오고 있었지만 그들은 마지막 남은 힘을 다해 헤엄을 치기 시작했다. 순간 눈앞에 섬처럼 보이는 것이 나타났다. 위를 올려다보니 백발의 웬 노인이 미소를 띤 채 자신들을 쳐다보고 있는 것이었다. 그들은 노인을 향해 제발 도와달라고 울부짖자 그는 고개를 끄덕이며 아래로 내려왔다.

그의 발끝이 물에 닿는 순간 놀라운 일이 벌어졌다. 바닷물이 양 옆으로 갈라지며 길이 생기는 것이었다. 덕분에 그들은 무사히 물속에서 빠져나올 수 있었다. 코카이 역시 막 섬에 도착하기 직전이었다. 웬 노인이 자신의 적들을 구해주는 것을 발견한 그는 참을 수 없이 화가 나 당장 노인을 향해 엄청난 바닷물을 끼얹었다. 금방이라도 목숨을 잃을 수 있는 순간이었지만 노인은 겁을 먹기는커녕 당황한 기색조차 없어 보였다.

코카이가 가까이 다가가니 노인은 큰 소리로 웃으며 새하얗고 커다란 학의 모습으로 변해 날개를 펄럭거리며 하늘 위로 날아가 버리는 것이었다. 그 모습을 본 하코와 에이코는 그 노인이 평범한 인간이 아니라는 것을 알 수 있었다. 아마도 인간의 모습을 한 신이 아닐까 생각했다. 나중에라도 그의 정체를 꼭 알아내고 싶었다.

어느덧 날이 저물고 있었고 그 날의 전투는 사실상 끝난 것이었다. 그날 밤 하코와 에이코는 마법을 부리는 코카이에게 덤비는 것은 더 이상 소용이 없다 생각하였다. 한낱 인간일 뿐인 자신들이 초능력을 가진 그와 대적하는 것은 애초에 불가능한 일이었기 때문이다. 할 수 없이 조크와를 찾아갔다. 한참 머리를 맞댄 끝에 그녀는 불의 왕 시쿠유에게 자신의 병사들을 이끌고 카이코를 무찌르는 것을 부탁하기로 했다.

불의 왕 시쿠유는 남극에 살고 있었다. 그는 이름처럼 주위의 모든 것들을 불태우는 능력이 있어 다른 곳에서는 살 수가 없었다. 하지만 유일하게 파괴할 수 없는 것이 얼음과 눈이었기 때문에 남극에 살고 있었던 것이다. 그 역시 키가 30피트(약 9m)는 되는 거인이었고 마치 대리석처럼 반질거리는 얼굴에 눈처럼 하얀 머리카락과 수염을 가지고 있었다. 코카이가 물을 다스리는 능력이 있는 것처럼 그 역시 자유자재로 불을 다스릴 수 있는 능력이 있었다.

"분명 시쿠유라면 코카이를 무찌를 수 있을 것이다."

조크와가 생각했다. 그녀는 시쿠유가 사는 남극으로 에이코를 보내어 코카이와 전쟁을 벌여 그를 물리쳐달라는 말을 전하였다. 황후의 부탁을 들은 불의 왕이 미소를 지으며 말했다.

"전혀 어렵지 않은 부탁이다! 코카이가 몰고 온 홍수에서 너와 병사들을 구할 수 있는 것은 나밖에 없다."

시쿠유는 에이코와 함께 황후가 있는 곳으로 왔다. 그녀는 진심으로 불의 왕을 환영하며 좀 더 자세한 상황을 설명해주었다. 부디 자신의 병사들을 다스리는 총사령관이 되어달라고 간절히 부탁하였다. 시쿠유는 그녀를 안심시키며 대답했다.

"더 이상 걱정하지 마시오. 내가 반드시 코카이를 죽이겠소."

양옆에는 하코와 에이코가, 삼만 대군의 가장 선두에는 시쿠유가 자리를 잡고 코카이의 성으로 향하기 시작했다. 시쿠유 역시 코카이가 마법을 부릴 수 있다는 사실을 잘 알고 있었다. 그는 병사들에게 관목들을 모아오라고 시켰다. 그리고는 그것을 불에 태워 남은 재들을 모아 자루에 모으라고 명령하였다.

한편 코카이는 시쿠유의 능력 따위는 자신에게 상대도 안 된다며 중얼거리고 있었다.

"네가 불의 왕이라 한들 내가 너의 불꽃을 바로 꺼뜨려주겠다."

그가 또 다시 주문을 외자 다시 한 번 엄청난 양의 바닷물이 산 높이만큼 몰아치기 시작했다. 하지만 시쿠유는 전혀 두려워하지 않았고 병사들에게 관목을 태운 재를 뿌리라고 명령하였다. 그 순간 놀라운 일이 벌어졌다. 재가 바닷물에 녹아들자마자 뻑뻑한 진흙으로 변해버리는 것이었다. 좀 전까지 목 위로 차오르던 물이 순식간에 흔적도 없이 사라져버렸다. 생각지 못했던 시쿠유의 지혜로움에 당황한 코카이는 화를 참을 수가 없었다. 당장 그들 앞으로 돌진하였다. 에이코가 먼저 나섰다.

둘 사이에는 한동안 치열한 전투가 벌어졌다. 엄청난 접전이었다. 하코는 에이코의 기운이 슬슬 떨어지고 있는 것을 알아챌 수 있었다. 잘못하다간 카이코의 손에 금방 죽을 것 같았다. 얼른 그와 자리를 바꾸었다. 코카이 역시 몹시 지친 상태였다. 하코와 맞붙어 봤자 이길 가능성이 없다 생각한 그가 속임수를 쓰기 시작했다.

"네 친구를 구하기 위해 대신 목숨 걸고 싸우려하다니 아주 의리 넘치는 자이구나. 그런 선한 사람을 내가 해칠 수 있겠는가!"

그러면서 카이코는 말의 방향을 바꾸며 물러가는 척 연기를 했다. 하코가 방심한 사이 불시에 덮치려는 계획이었다. 하지만 시쿠유는 그의 속 보이는 작전을 이미 다 알고 있었다.

"겁쟁이 같으니라고! 감히 나를 속일 순 없다!"

불의 왕은 잠시 경계를 늦추고 있던 하코에게 얼른 코카이를 공격하라는 신호를 보내었다. 이제 코카이는 시쿠유와 맞붙을 차례였는데 더 이상 남은 기력이 없어 곧바로 어깨에 상처를 입고 말았다. 어쩔 수 없이 냅다 도망가기 시작했다.

물의 악마를 부르짖으며 도움을 청했지만 헛수고였다. 시쿠유가 그 반대 주문을 알고 있었기 때문이다. 코카이는 더 이상 자신이 할 수 있는 것이 없다는 것을 깨달았다. 어깨의 상처가 점점 곪으며 엄청나게 아파오는 데다가 자신을 쫓아오는 적들 때문에 잔뜩 공포에 질려 이러지도 저러지도 못하고 있었다. 결국 그는 슈산 위로 올라가 바위들 위로 몸을 던져 스스로 목숨을 끊고 말았다.

평생의 원수였던 코카이만 사라지면 평화가 찾아올 줄 알았는데 아니었다. 거인 코카이의 몸이 바위 위에 떨어진 순간 그 엄청난 충격이 온 산을 불태우기 시작했고 그 불꽃은 결국 하늘나라를 받치고 있는 기둥 하나를 무너뜨리게 만들었기 때문이다. 무너진 기둥 때문에 하늘나라는 한쪽이 기울어져 거의 땅에 닿기 직전이었다.

시쿠유는 코카이의 시체를 들고 황후에게 가져다주었다. 전쟁에서의 승리와 자신의 원수가 영영 사라진 것을 크게 기뻐하며 그녀는 시쿠유에게 엄청난 상과 명예를 수여하였다. 하지만 그 와중에도 산에서는 불길이 활활 타오르고 있었다.

불꽃은 금세 마을 전체를 집어 삼켰고 논밭과 강바닥까지 모두 흔적도 없이 사라지고 말았다. 백성들은 집을 잃고 망연자실해 있었다. 조크와는 시쿠유에게 상을 내리자마자 성을 떠나 그곳으로 향하였다. 하늘나라든 땅 위든 무사한 곳이 없었다. 게다가 사방이 연기로 덮여 깜깜해진 탓에 어느 정도의 피해가 생겼는지 확인하기 위해서 등불을 들어야 할 정도였다.

상황의 심각성을 확인한 황후는 당장 복구를 시작했다. 일단 하인들에게 오색 바위들을 모아오라고 명령하였다. 그녀는 파랑, 노랑, 빨강, 검정, 그리고 흰색 바위들을 커다란 가마솥에 넣고 끓이기 시작했다. 곧 아름다운 색깔의 반죽이 만들어졌다. 이것으로 하늘나라를 복원할 수 있었다. 이제 모든 준비가 끝났다.

조크와는 머리 위로 흘러가고 있는 구름들을 불러 그 위에 올라탔다. 손에는 오색 바위로 만든 반죽이 든 화병을 들고 하늘나라로 올라가기 시작했다. 곧 기울어진 모퉁이 쪽에 도착한 그녀는 정성스레 반죽을 발라 수리하였다. 이번에는 부서진 기둥 쪽으로 갔다. 거대한 거북이의 다리 한쪽을 빌려 기둥 역시 무사히 복구하였다.

모든 것을 무사히 마쳤다고 생각한 그녀는 다시 구름을 타고 땅 위로 내려왔다. 하지만 아직 끝난 것이 아니었다. 온 사방이 여전히 깜깜한 어둠으로 가득 차있었기 때문이다. 태양도, 달도 그 모습을 나타내지 않고 있었다. 크게 당황한 조크와는 나라에서 가장 지혜롭다는 신하들을 모두 불러 모았다. 그들에게 어떻게 하면 좋을지 조언을 구했다. 그 중에서도 가장 총명한 둘이 입을 열었다.

"최근에 하늘나라로 통하는 길이 무너지는 바람에 태양과 달이 꼼짝 않고 집에만 숨어 있습니다. 하늘로 가는 길이 여전히 막혀있다고 생각해 낮이 되어도 태양이 나오지 않고 밤이 되어도 달이 나오지 않고 있습니다. 황후께서 이미 완벽하게 복원시켜놓은 것을 아직 모르는 듯합니다. 그러니 저희가 얼른 가서 알리고 오겠습니다."

그 말을 들은 조크와가 어서 길을 떠나라고 명령하였다. 하지만 이것 역시 쉬운 일은 아니었다. 태양과 달이 살고 있는 성은 여기서 상상도 할 수 없을 만큼 멀리 떨어져있었기 때문이다. 만약 걸어서 이동한다면 죽기 전에도 도착하지 못할 거리였다. 그러나 조크와에게는 방법이 있었다. 그녀는 신하들에게 일분에 수천 km를 달릴 수 있는 마법의 전차를 내어주었다.

그들은 패기 넘치는 표정으로 전차에 올라타고는 구름을 뚫고 며칠 밤낮을 달렸다. 역시 태양과 달이 살고 있는 성에 도착하는

데에는 그리 오래 걸리지 않았다.

　신하들은 태양과 달을 불러 왜 며칠 동안 얼굴도 비추지 않고 꽁꽁 숨어만 있는 것이냐 물었다. 온 세상이 어둠에 빠져버렸고 그 탓에 백성들이 깜깜한 땅 위에서 아무것도 하지 못하고 있는 것을 알지 못하느냐 물었다. 태양과 달이 대답했다.

　"잘 알고 계시겠지만 슈산이 갑자기 불타는 바람에 하늘나라로 올라가는 길이 무너졌습니다! 저 태양은 낮이 되어도 그 길을 통과할 수 없다는 것을 깨달았습니다. 달 역시 밤이 되어도 하늘 위로 올라갈 수가 없었습니다. 그리하여 꼼짝도 못하고 이곳에 있을 수밖에 없었던 것입니다."

　"황후께서 이미 오색 바위들로 완벽하게 수리를 마치셨다. 그러니 어서 예전처럼 하늘로 올라가 세상을 밝혀주기를 간절히 부탁한다."

　하지만 그들은 여전히 망설이는 눈치였다. 하늘나라를 받치고 있는 기둥 역시 무너졌다 들었는데 전처럼 하늘로 올라가다가 사고라도 당하는 것이 아닐까 싶어 겁이 난다고 하였다.

　"그것 역시 걱정할 필요가 전혀 없다."

　신하들이 자신 있게 말하였다.

　"기둥 역시 우리 황후께서 거북이의 다리로 완벽하게 복원시켜 놓으셨다. 전보다 훨씬 더 튼튼해졌을 것이다."

그제야 태양과 달은 안도의 한숨을 내쉬더니 당장 하늘나라로 떠날 준비를 시작하였다. 신하들의 말이 정말 사실이었다. 예전의 모습을 완벽하게 회복한 하늘나라를 직접 확인한 태양과 달이 다시 하늘 위로 떠올랐다.

모든 백성들은 환하게 내리쬐는 빛을 바라보며 크게 기뻐하였고 그 이후 조크와 황후가 다스리는 중국 땅에는 오래도록 평화와 번성만이 가득하였다.

죽은 나무도 살려내는 노인

아주 오래 전 옛날 작은 밭을 일구며 먹고 사는 한 노부부가 있었다. 그들은 평생 행복하고 평화롭게 살았지만 딱 한 가지 걱정이 있었다. 바로 아이가 없다는 것이었다. 대신 시로라는 이름의 개를 키웠는데 자식이 없는 대신 시로에게 온 애정을 쏟으며 애지중지 키웠다. 먹을 것이 생기면 자신들이 먹는 것이 아니라 시로를 가장 먼저 챙겨줄 정도였으니 말이다.

시로는 '흰색'이라는 뜻의 일본어인데 새하얀 털을 가지고 있어서 그렇게 이름 지은 것이었다. 시로는 일본 토종 개였는데 생김새가 꼭 작은 늑대처럼 보이기도 했다.

노인과 시로가 가장 좋아하는 시간은 그가 밭일을 마치고 돌아와 밥과 야채로 간단히 저녁식사를 한 후 시로의 목을 들고 오두막 옆 마루로 나올 때였다. 시로는 항상 주인이 먹고 남겨온 음식을 목 빠지게 기다리고 있었다. 그가 "앉아! 앉아!" 라고 외치면 시로는 얌전히 앉아 기다렸고 그러면 주인이 음식을 주었다.

한편 노부부의 옆집에는 또 다른 노부부가 살고 있었는데 성격은 완전히 딴판이었다. 그들은 몹시 사악하고 못됐으며 늘 행복해 보이는 이웃과 개 시로를 무척이나 싫어하였다. 밖을 어슬렁거리던 시로가 자신의 부엌을 슬쩍 들여다보기라도 하면 발로 차 버리거나 어쩔 때는 물건을 던져 상처를 입히기도 했다.

어느 날 집 뒤에 있는 밭에서 시로가 한참 동안을 짖어대고 있었다. 주인은 또 새들이 옥수수를 쪼아 먹고 있는가 싶어 허겁지겁 밖으로 나갔다. 시로는 달려오는 주인을 보자마자 꼬리를 마구 흔들며 커다란 편백나무 쪽으로 그의 기모노 끝을 잡아 당겼다. 그러더니 온 힘을 다해 앞발로 땅을 파며 컹컹 짖기 시작하는 것이었다. 노인은 대체 무슨 일인가 싶어 그 모습을 가만히 보고만 있었다. 그러거나 말거나 시로는 계속해서 목청껏 짖어대며 땅을 파고 있었다.

한참 그 모습을 보고 있던 노인은 순간 나무 아래 무엇인가 묻혀 있고 시로가 그 냄새를 맡아서 저러는 것이 아닐까 하는 생각이 들었다. 그는 집으로 뛰어가 삽을 들고 와 같이 땅을 파기 시작했다. 한참을 파던 그는 깜짝 놀라고 말았다. 꽤 낡아 보이는 금화들이 나오기 시작했기 때문이다. 더 깊숙이 내려갈수록 셀 수 없을 만큼 많은 양의 금화가 나왔다. 그러는 동안 옆집 노부부가 대나무 울타리 사이로 그 모습을 엿보고 있었는데 노인은 굉장히 열중하여 땅을 파느라 전혀 눈치 채지 못하고 있었다.

마침내 햇빛 아래 엄청난 양의 금화들이 눈부시게 반짝이고 있었다. 시로는 노인이 땅에 꽂아 놓은 삽 옆에 앉아 주인의 눈을 가만히 쳐다보고 있었다. 마치 "거봐요. 내가 비록 말 못하는 개일 뿐이지만 그동안 주인님이 나를 보살펴준 은혜 정도는 갚을 수 있다고요." 라고 말하는 듯했다.

노인은 집으로 달려가 부인을 데리고 왔다. 그들은 함께 금화를 들고 집으로 돌아갔다. 가난한 노부부는 하룻밤 새에 떼부자가 되었다. 노부부는 시로에게 고마워 어쩔 줄 몰라 했다. 이미 시로는 충분한 사랑과 보살핌을 받고 있었지만 그 날 이후 노부부는 그에게 더 많은 애정과 사랑을 쏟아 부었다.

한편 시로가 짖는 소리에 밖을 내다보다가 노인이 금화를 잔뜩 발견한 모습을 본 이웃집 노인은 자신도 벼락부자가 되고 싶은 마음이 굴뚝같았다. 그는 며칠 뒤 노인의 집을 찾아가 잠시만 시로를 좀 빌릴 수 있겠냐며 정중하게 부탁하였다. 노인은 그가 개를 좋아하지 않을 뿐만 아니라 틈만 나면 그를 괴롭히고 때리는 것을 아주 잘 알고 있던 터라 상당히 의아하게 생각했다. 하지만 그는 심성이 너무 착한 지라 남의 부탁을 거절할 줄을 몰랐다. 시로를 잘 돌봐주기로 약속을 받아낸 후 그에게 개를 내어주었다.

사악한 노인은 음흉한 미소를 띠며 집으로 돌아와서는 부인에게 무사히 시로를 데려왔다고 말하였다. 그는 당장 삽을 들고 내켜 하지 않는 시로를 억지로 끌며 밭으로 나갔다. 편백나무에 도착하자마자 그는 험악한 표정으로 시로에게 명령하였다.

"너희 집 편백나무 밑에서 금화들이 나왔다면 우리 집 나무 밑에도 마땅히 있을 것이다. 어서 금화를 찾아내거라! 어디 있는 것이냐? 어디냐? 어디냔 말이다!"

노인은 시로의 목덜미를 붙잡고 땅에 얼굴을 처박으며 닦달하기 시작했다. 시로는 그 못된 노인의 손아귀에서 벗어나기 위해서라도 땅을 팔 수밖에 없었다. 시로가 땅을 파기 시작하자 사악한 노인은 기쁨을 감출 수가 없었다.

시로가 금화 냄새를 맡아 주인을 끌고 와 엄청난 양의 금화를 발견한 것처럼 곧 자신도 그 행운을 누릴 것이라 생각하니 좀처럼 흥분을 가라앉힐 수가 없었다. 시로를 밀쳐 내고 직접 땅을 파기 시작했다. 하지만 아무리 파도 금화는커녕 아무것도 나오지 않았다. 땅 깊숙이 내려갈수록 고약한 악취만 풍겨져 왔다. 결국 그가 발견한 것은 엄청난 양의 쓰레기 더미뿐이었다.

노인의 심정이 어땠는지는 충분히 상상할 수 있을 것이다. 주체할 수 없을 정도로 화가 났다. 분명 옆집 노인이 한 대로 똑같이 했는데 말이다. 시로까지 빌려서 아침 내내 땅을 팠는데 금화는커녕 고약한 냄새만 풍기는 쓰레기더미나 발견하다니 참을 수가 없었다. 그는 자신의 그릇된 탐욕을 탓하는 대신 시로에게 분풀이를 하였다. 삽을 들고 온 힘을 다해 시로를 내리쳤다. 결국 불쌍한 시로는 그 자리에서 죽고 말았다. 노인은 금화를 바라며 열심히 파놓은 구덩이 속으로 시체를 던져놓고는 흙으로 덮어버렸다. 그리고는 태연하게 집으로 돌아갔는데 심지어 부인에게도 아무 말 하지 않았다.

며칠을 기다려도 이웃집 노인은 시로를 돌려줄 생각이 없었다. 주인은 점점 걱정이 되기 시작했다. 며칠 더 기다려봤지만 아무 소식도 없었다. 결국 직접 그를 찾아가 시로를 돌려달라고 부탁하였다. 하지만 그 사악한 노인은 표정 하나 변하지 않고 개가 하도 못되게 굴어 죽여 버렸다고 답하는 것이었다. 그의 말에 충격을 받은 노인은 서럽게 울부짖었다. 말로 다 할 수 없는 슬픔이었지만 그 와중에도 그는 바보같이 착하여 잔인한 노인에게 뭐라 할 수가 없었다.

시로가 편백나무 아래에 묻혀있다는 것을 알고는 그 나무라도 자기가 가져가겠다고 하였다. 가엾게 죽은 시로를 영원히 기억하기 위해서는 그 방법밖에 없었기 때문이다. 못된 노인은 그것이 대수냐 싶어 아무 망설임 없이 나무를 가져가라고 하였다. 주인은 나무를 잘라 집으로 들고 왔다. 나무 몸통으로 막자사발을 만들고 부인이 그 안에 쌀을 조금 넣었다. 노인은 시로의 죽음을 기리기 위해 막자를 두드리기 시작했다.

순간 놀라운 일이 벌어졌다! 부인이 사발 안에 쌀을 넣고 남편이 떡을 만들기 위해 막자를 두드리는 순간 그 덩어리가 무려 다섯 배나 커지는 것이었다. 엄청난 크기의 떡이 눈 깜짝할 새에 만들어졌다. 노부부는 시로가 죽어서도 자신을 돌봐준 은혜를 갚는 것이라 생각했다.

떡을 한 입 맛보니 여태 먹어본 음식들 중 그렇게 맛난 것은 처음이었다. 이후로도 막자는 끊임없이 떡을 만들어냈고 그들은 평생 식량에 대한 걱정은 전혀 하지 않아도 되었다. 욕심 많은 옆집 노인이 이 소식을 놓칠 리가 없었다. 그는 전처럼 또 다시 질투심에 불타올랐다. 참 뻔뻔하게도 노인을 찾아가 이번에는 막자사발을 빌려달라고 부탁했다. 시로의 죽음을 슬퍼하는 척하며 자신도 그를 추모하기 위해 떡을 만들고 싶다고 거짓말을 했다.

잔인한 그 노인에게 다시는 아무것도 빌려주고 싶지 않았지만 역시나 바보같이 착한 그는 부탁을 거절할 용기가 없었다. 사악한데다 질투심까지 가득한 노인은 막자사발을 들고 집으로 돌아왔지만 다시는 주인에게 돌려주지 않았다.

며칠이 지났지만 노인은 사발을 돌려줄 기미가 없어 보였다. 이번에도 직접 그의 집을 찾아가서는 사발을 다 썼으면 돌려달라고 부탁하였다. 노인은 화롯불이 활활 타고 있는 장작들 옆에 앉아있었다. 바닥에는 깨진 막자사발처럼 보이는 조각들이 흐트러져 있었다. 그의 부탁에 사악한 노인이 건방진 말투로 대답하였다.

"막자사발 때문에 오셨수? 그거 내가 깨뜨려버렸는데 말이지. 그리고 그 조각들로 지금 불을 피우고 있는 중이오. 당신한테 빌린 사발로 떡을 만들려고 했는데 웬 고약한 냄새만 풍기는 것만 만들어지지 뭐야."

그의 말을 들은 착한 노인이 말했다.

"그것 참 안됐군요. 떡이 먹고 싶으셨던 거면 저한테 말씀하시지 그러셨어요. 원하시는 만큼 드릴 수도 있는데. 어쨌든 깨진 조각들과 불에 타고 남은 재라도 가져가겠습니다. 시로를 추억하기 위해 그것만이라도 가지고 있고 싶군요."

이번에도 사악한 노인은 별일 아니라는 듯 그러라고 했다. 노인은 바구니 한 가득 재를 모아 집으로 향했다. 그러던 중 뜻하지 않게 재가 날려 자신의 정원에 있는 나무들 사이로 흩뿌려졌다. 순간 놀라운 일이 벌어졌!

때는 늦가을이어서 낙엽이 지고 있던 시기였는데 재가 벚나무와 자두나무를 비롯한 모든 나뭇가지에 닿자마자 순식간에 꽃들이 활짝 피는 것이었다. 갑자기 노인의 정원은 아름다운 봄날의 모습으로 완전히 변해버렸다. 그 모습을 본 노인의 기쁨은 이루 말할 수가 없었다. 그는 남은 재들을 더 조심스럽게 보관하였다.

노인의 정원에 대한 소문이 곧 멀리까지 퍼져나갔다. 많은 사람들이 그 마법의 정원을 보기 위해 전국 각지에서 몰려왔다.

어느 날 누군가 문을 두드리기에 현관으로 나가보니 놀랍게도 그곳에는 기사 한 명이 서있었다. 자신이 다이묘(일본에서 헤이안 시대에 등장하여 19세기 말까지 각 지방의 영토를 다스리고 권력을 행사했던 유력자)의 신하라 소개한 그는 자신의 주인이 가장 아끼는 벚나무가 시들어버렸는데 성 안의 모든 이들이 나무를 살리려 애썼지만 어떤 방법도 소용이 없었다고 했다. 아끼는 나무를 잃어 상심하는 주인의 모습을 보니 너무 마음이 아팠는데 마침 그때 다 죽어가는 나무도 단숨에 꽃을 피우게 만드는 노인의 이야기를 전해 들었다고 했다. 그리하여 당장 그의 심부름을 받고 그곳에 온 것이라 하였다.

"그러니 지금 저와 함께 가주시면 정말 감사하겠습니다."

기사가 덧붙여 말했다. 노인은 그의 말에 깜짝 놀랐지만 애써 차분한 모습으로 기사의 뒤를 따라 다이묘의 성으로 향했다. 노인이 오기만을 애타게 기다리고 있던 다이묘는 그를 보자마자 다짜고짜 물었다.

"계절에 상관없이 다 죽은 나무들도 꽃을 피게 만든다는 자가 당신이 맞소?"

노인이 그에게 절을 하며 대답했다.

"맞습니다. 제가 바로 그 자입니다." 다이묘가 말했다.

"그렇다면 그 유명한 당신의 재를 뿌려 내 정원의 죽은 벚나무를 다시 꽃피게 만들어야 하오. 내가 지켜보겠소."

말이 끝나자마자 그들은 함께 정원으로 향하였다. 신하들과 시녀들도 다이묘의 검을 들고 그의 뒤를 따랐다. 노인은 기모노 단을 접어 올리며 나무에 오를 준비를 하였다.

"실례하겠습니다." 라고 외치며 그는 재가 든 냄비를 들고 나무 위를 오르기 시작했다. 모든 이들이 흥미로운 눈빛으로 그를 지켜보고 있었다. 마침내 그는 나무 몸통이 큰 나뭇가지 둘로 갈라지는 지점까지 올라갔다. 그곳에 자리를 잡고 앉아서는 나뭇가지들 사이로 재를 골고루 뿌리기 시작했다.

아! 다시 봐도 놀라운 모습이었다. 어떤 방법을 써도 살아나지 않던 벚나무가 그의 손짓 한번에 만개하는 것이었다. 다이묘는 기뻐 날뛰며 거의 미치기 직전까지 흥분한 상태였다. 그는 껑충껑충 뛰어오르기까지 하며 부채를 펴들고 노인에게 얼른 내려오라고 소리쳤다. 그는 노인에게 최고의 사키 술을 가득 따라주며 상으로 금은보화들까지 주었다. 게다가 하나사카지지라는 이름까지 지어주었는데 '꽃을 피우는 노인' 이라는 뜻이었다. 그 때부터 모든 일본인이 이 새로운 이름으로 노인을 불렀으며 그는 엄청난 명예를 가지고 금의환향할 수 있었다.

이 엄청난 소식을 옆집 노인이 놓칠 리가 없었다. 그에게만 벌어지는 좋은 일들에 질투와 시기심이 불타올라 참을 수가 없었다. 금화를 찾지도 못했고 마법의 떡도 만들지 못했으니 이번만큼은 반드시 성공할 수 있을 것 같은 느낌이 들었다.

노인이 한 대로 시들어 죽은 나뭇가지들 사이로 재를 뿌리기만 하면 꽃이 활짝 필 것이다. 여태 해본 것들 중 가장 간단해 보였다. 그는 당장 벽난로 앞으로 가 불타고 남은 막자사발 가루들을 모으기 시작했다. 자신을 써줄 높은 벼슬의 사람을 만나기 바라며 큰 소리로 외치기 시작했다.

"죽은 나무도 살려내는 놀라운 남자가 여기 있습니다! 죽은 나무도 단숨에 꽃피게 만들 수 있는 남자가 여기 있습니다!"

다이묘의 성에서도 그의 소리가 들렸다.

"저기 하나사카지지가 지나가고 있는가 보다. 오늘 특별히 할 일도 없는데 그가 부리는 마법이나 한 번 더 보고 싶구나. 보는 것만으로도 아주 즐거우니 말이다."

신하들이 당장 밖으로 나가 그를 데리고 왔다. 그 순간 가짜 행세를 하던 노인이 얼마나 만족스러운 웃음을 지었는지 상상할 수 있을 것이다. 하지만 그의 얼굴을 가만히 보던 다이묘는 뭔가 이상하다고 생각했다. 전에 봤던 노인과 닮은 구석이라고는 전혀 없었기 때문이다.

"내가 하나사카지지라고 이름 붙여준 자가 맞느냐?"

다이묘가 물었다. 그 못된 노인은 눈 하나 깜빡하지 않고 거짓말을 했다.

"네. 맞습니다!"

"거 참 이상하구나!" 다이묘가 물었다.

"이 세상에 하나사카지지는 오직 한 명뿐이라고 알고 있는데! 혹시 그가 제자를 키우고 있는 것이냐?"

"사실 제가 진짜 하나사카지지입니다. 저번에 왔던 그 자가 저의 제자입니다."

노인은 태연하게 거짓말을 했다.

"그렇다면 그 자보다 너의 능력이 훨씬 뛰어나겠구나. 어디 한 번 네 솜씨를 보자!"

노인은 다이묘와 그의 신하들을 따라 정원으로 들어갔다. 죽은 나무 가까이 다가가 재를 한 움큼 뿌렸다. 당연히 꽃이 필 리가 없었다. 꽃은커녕 꽃봉오리조차도 올라오지 않았다. 혹시 재의 양이 부족한가 싶어 다시 한 번 한 움큼 가득 쥐고 나뭇가지 위로 흩뿌렸다.

역시나 아무 일도 일어나지 않았다. 몇 번을 뿌렸지만 꽃은 필 생각이 없었고 오히려 재가 바람에 날려 다이묘의 눈 속으로 들어가 버렸다. 몹시 화가 난 다이묘는 신하들을 시켜 거짓 행세를 한 그를 당장 감옥에 가두라 명령하였다. 이후 그는 죽을 때까지 영원히 감옥 안에 갇혀 지내야 했다. 그동안 벌인 수많은 악행들에 대해 드디어 대가를 치르게 된 것이었다.

한편 착한 노인은 시로 덕분에 발견한 금화들과 다이묘에게 받은 금은보화들로 평생을 걱정 없이 부유하게 살아갈 수 있었다. 그는 모든 이들에게 사랑과 존경을 받으며 오래도록 행복하게 살았다.

킨타로의 모험

옛날 교토에 킨토키라는 이름을 가진 용감한 군인이 아름다운 부인과 함께 살고 있었다. 그는 결혼한 지 얼마 안 되었을 때 자신에게 원한을 가지고 있던 몇몇 이들 때문에 궁에서 신임을 잃고 쫓겨나버렸다. 도저히 그 사실을 받아들일 수 없었던 그는 몹시 괴로워하던 끝에 결국 화병으로 세상을 떠나고 말았다.

홀로 남겨진 그의 부인은 남편을 증오하는 적들이 무서워 아시가라 산속으로 도피하였다. 꽤 외진 곳이라 나무꾼 외에는 아무도 찾지 않는 곳이었다. 곧 아들이 하나 태어났고 그를 킨타로, 혹은 황금소년이라고 불렀다. 그 아이는 엄청난 힘을 자랑했다. 한 살 한 살 먹을수록 더욱더 강해지더니 8살이 되었을 때는 이미 건장한 나무꾼만큼 나무를 쉽게 베어버렸다.

소년의 어머니는 그에게 커다란 도끼를 하나 주어 종종 숲속에 오는 나무꾼을 도와 나무를 베게 하였다. 나무꾼은 소년을 '신동'이라고, 또 소년의 어머니는 '산속의 어머니'라고 불렀다. 그 때는 그 부인이 왕실의 사람이라는 것을 몰랐기 때문이다. 한편 킨타로는 나무를 베는 것 외에도 큰 바위들을 때려 부수는 것에 아주 뛰어난 능력을 보였다. 이쯤 되면 그 소년이 얼마나 힘이 셌는지 상상할 수 있을 것이다.

평범한 소년들과 달리 킨타로는 산속에서 어머니와 단둘이 지냈다. 친구라고는 주위에 어슬렁거리는 동물들뿐이었는데 그들의 말을 배우고 소통하는 법을 익히기 시작했다. 그러다 보니 사나운 동물들도 점점 온순해지며 킨타로를 주인으로 따르고 킨타로 역시 동물들을 심부름꾼으로 혹은 종으로 부리기 시작했다. 그 중에서도 특별히 아끼는 동물은 곰, 사슴, 원숭이, 그리고 토끼였다.

곰은 종종 자신의 새끼를 데리고 와 킨타로와 함께 뛰어놀게 하며 동굴로 돌아갈 때는 킨타로를 등에 태워 가기도 하였다. 사슴 역시 그가 아끼는 동물이었다. 종종 사슴의 목을 감싸 안으며 아무리 기다란 뿔도 무섭지 않다는 것을 뽐내곤 하였다.

그들 모두 매일 매일 즐겁고 행복한 날들을 보내고 있었다. 그러던 어느 날, 킨타로는 여느 때처럼 산을 오르고 있었다. 곰과 사슴, 원숭이, 그리고 토끼가 그의 뒤를 따르고 있었다. 언덕을 오르고 계곡을 통과하여 거친 산길을 지나니 넓은 평원이 펼쳐져 있었다. 예쁜 들꽃들과 파란 잔디가 가득한 곳이었다. 모두가 함께 놀기에 그보다 더 적당한 곳은 없어 보였다. 사슴은 나무 기둥에 뿔을 비비고 원숭이는 등을 벅벅 긁으며 토끼는 몸단장을 하면서 만족스러운 표정을 짓고 있었다. 게다가 곰은 아무것도 하지도 않으면서 마냥 행복해하는 표정이었다. 킨타로가 말했다.

"씨름 경기를 하는 것이 어떻겠냐? 여기만큼 좋은 곳도 없을 것 같구나."

덩치도 가장 크고 나이도 제일 많은 곰이 제일 먼저 외쳤다.

"좋은 생각이다! 우리 중에서 힘이 가장 센 내가 씨름장을 만들겠다."

곰은 땅을 파고 발로 꾹꾹 밟으며 금세 꽤 그럴 듯한 씨름장을 만들었다.

"좋다!" 킨타로가 외쳤다.

"나는 너희가 시합하는 것을 지켜보겠다. 매 경기마다 이기는 자에게 상을 주겠다."

"완전 재밌겠다! 상을 받으려면 목숨 걸고 해야겠군."

곰은 벌써부터 승부욕이 넘치는 모습이었다. 사슴과 원숭이, 토끼가 곰을 도와 씨름장 만드는 것을 마무리 지었다. 모든 준비를 완벽히 마쳤다.

"그럼 시작하자! 먼저 원숭이와 토끼의 대결이고 사슴이 심판을 볼 것이다. 자, 사슴양! 네가 심판이다!"

"헤헤!" 사슴이 신난 표정으로 대답했다.

"이번 라운드 심판 사슴양입니다! 자, 원숭군 대 토끼군. 준비됐으면 각자 위치로 나와 주시죠!"

원숭이와 토끼가 날렵하게 앞으로 폴짝 뛰어나왔다. 사슴이 그들 중간에 서서 큰 소리로 외쳤다.

"빨간 등! 빨간 등!"(일본에서는 원숭이 등이 빨갛기 때문에 이렇게 부른다.)

"준비 됐나요, 원숭군?" 이번에는 토끼를 향해 물었다.

"기다란 귀! 기다란 귀! 토끼 군도 준비 됐나요?"

두 선수는 서로를 마주보았고 사슴이 나뭇잎을 들어 올리며 경기의 시작을 알렸다. 나뭇잎을 내리는 순간 원숭이와 토끼가 서로를 향해 달려들었다.

"으차! 으차!"

원숭이와 토끼가 맞붙는 동안 심판 사슴은 선수들의 힘을 돋우기 위해 목청 높여 응원을 했고 혹시나 씨름 장 밖으로 밀려날 것 같으면 경고를 주기도 했다.

"빨간 등! 빨간 등! 잘하고 있죠!" 사슴이 외쳤다.

"기다란 귀! 기다란 귀! 좀 더 힘을 내봐! 힘도 다 쓰기 전에 질 순 없잖아!"

곰도 토끼를 열심히 응원하고 있었다. 한껏 후끈해진 열기 속에서 원숭이와 토끼는 젖 먹던 힘까지 다해 승부를 겨루었다. 토끼가 조금 더 유리한 상황이었다. 토끼는 원숭이가 발에 걸려 넘어질 뻔한 순간을 놓치지 않고 마지막 한 방을 날렸다. 결국 원숭이는 멀리 나가떨어져 버렸다. 불쌍한 원숭이가 등을 문지르며 몸을 일으켰다. 그의 씩씩거리며 잔뜩 실망한 표정이었다.

"아이고! 등이 아파 죽겠구나!"

사슴이 다시 나뭇잎을 들어 올리며 경기 종료를 알렸다.

"이번 시합은 토끼군의 승리로 끝났습니다!"

그러자 킨타로는 도시락 바구니에서 쌀 만두를 꺼내 토끼에게 주었다.

"자, 선물이다. 아주 잘 싸웠어!"

그들이 말하는 것을 들은 원숭이는 점점 더 화가 치밀어 올랐다. 토끼가 정당한 방법으로 이긴 것이 아니라는 생각이 들었기 때문이다. 그는 킨타로와 동물들 옆으로 가 소리쳤다.

"이번 시합은 공정하지 않다! 발이 미끄러져 넘어졌으니 말이다. 한번만 더 기회를 다오."

킨타로는 그의 부탁을 받아들였고 결국 원숭이와 토끼의 2차 대결이 펼쳐졌다. 모두가 알다시피 원숭이는 천성부터 교활한 동물이었다. 할 수 있는 모든 방법을 써서라도 반드시 토끼를 이기리라 결심했다. 아무래도 토끼의 긴 귀를 잡는 것이 가장 확실한 방법인 것 같았다. 원숭이에게 귀를 잡히자마자 토끼는 힘도 제대로 쓰지 못하고 쩔쩔맸다. 원숭이는 그 순간을 놓치지 않고 토끼의 다리 한쪽을 잡고는 씨름장 한가운데에 내동댕이 쳐버렸다. 왠지 싱거운 승부였지만 킨타로는 원숭이에게 쌀 만두를 주었다. 그는 너무나도 신나 좀 전까지 아파 죽을 것 같던 등도 멀쩡하게 나은 것 같았다.

사슴이 토끼에게 다가가 이번에는 자신과 겨뤄보는 게 어떻겠냐고 물으니 토끼가 고개를 끄덕였다. 이번에는 사슴과 토끼의 대결이 펼쳐졌고 곰이 심판을 보게 되었다. 기다란 뿔을 가진 사슴과 기다란 귀를 가진 토끼의 대결은 왠지 시작 전부터 한껏 기대감을 끌어올렸다. 그런데 사슴이 갑자기 한쪽 무릎을 꿇어버렸고 곰은 나뭇잎을 들어 올리며 토끼의 싱거운 승리를 알렸다. 이렇게 동물들은 사이좋게 번갈아가며 이기면서 지칠 때까지 씨름 경기를 계속하였다. 꽤 오랜 시간이 지나고 킨타로가 몸을 일으키며 말했다.

"오늘은 이쯤에서 그만하자. 씨름하기에 좋은 곳을 찾았으니 내일 또 와서 하면 되겠다. 이제 집으로 돌아가자!"

역시나 킨타로가 앞장을 서니 동물들이 그 뒤를 따랐다. 집으로 향하던 길에 그들은 계곡을 통과하여 강둑 앞에 멈춰 섰다. 킨타로와 털 달린 동물 넷은 강을 건널 방법이 없나 주변을 둘러보았다. 강물은 거세게 흐르고 있는데 건널 수 있는 다리가 전혀 없었다. 그들의 표정이 점점 심각해졌다. 과연 저녁까지 집으로 돌아갈 수 있을까 걱정하는 눈빛이었다. 그 때 킨타로가 외쳤다.

"잠깐! 좋은 생각이 있다. 내가 다리를 만들어보겠다."

동물들은 그가 무엇을 할지 궁금해 죽겠다는 표정이었다. 킨타로는 강둑을 따라 서있는 나무들을 하나씩 살펴보더니 마침내 가장자리 쪽에 있는 거대한 나무 앞에 멈춰 섰다. 나무 몸통을 꽉 붙잡더니 온 힘을 다해 당기기 시작했다.

하나! 둘! 셋! 앞에서도 말했다시피 그는 힘이 무지 센 소년이었다. 단 세 번 만에 나무는 뿌리 채 뽑혀버렸다. '쿵! 쿵!' 나무가 쓰러지더니 딱 강 너비만한 다리가 만들어졌다.

"자, 봐라!" 킨타로가 뿌듯한 표정으로 물었다.

"내가 만든 다리가 어떻냐? 이제 무사히 강을 건널 수 있다. 나를 따라 오거라."

동물들은 킨타로의 뒤를 따라 무사히 강을 건널 수 있었다. 그들은 여태 그렇게 힘이 센 사람은 본 적이 없었다.

"세상에서 가장 힘이 센 소년이로구나!"

한편 이 모든 일들을 지켜보던 이가 있었으니 바로 우연찮게 근처 바위에 서있던 나무꾼이었다. 그는 소년과 동물들의 모습을 보며 깜짝 놀랐다. 킨타로가 나무를 뿌리 채 뽑아 쓰러뜨릴 때는 혹시 잘못 본 것이 아닐까 눈을 비비기도 했다.

"보통 소년이 아니군. 대체 누구 아들이기에 저렇게 힘이 센 것일까? 오늘이 가기 전에 얼른 알아봐야겠다."

그는 재빨리 소년의 무리를 뒤쫓아 갔다. 킨타로는 누가 자신을 따라오고 있다는 사실을 전혀 눈치 채지 못하고 있었다. 무사히 맞은편 강까지 도착한 킨타로와 동물들은 그곳에서 헤어지기로 했다. 동물들은 각자의 굴로, 킨타로는 어머니가 기다리고 있는 집으로 돌아갔다. 킨타로의 오두막은 마치 울창한 소나무 숲 한 중간에 놓인 성냥갑의 모습 같았다. 소년은 큰 소리로 외쳤다.

"어머니! 다녀왔습니다!"

"오, 킴보!"

평소보다 늦은 시간까지 돌아오지 않는 아들을 걱정하고 있던 어머니는 활짝 웃으며 무사히 돌아온 그를 기쁘게 맞이하였다.

"왜 이렇게 늦었느냐? 무슨 일이라도 생긴 줄 알았다. 무엇을 하다 온 것이냐?"

"곰과 사슴, 원숭이와 토끼를 데리고 언덕에 갔습니다. 우리 중 누가 가장 힘이 센지 보고 싶어서 씨름 경기를 벌였습니다. 하루 종일 재밌게 놀았고 내일 또 그곳에 가서 시합을 하기로 했습니다."

"그래, 누가 가장 힘이 세더냐?"

무슨 대답이 나올지 알면서도 어머니는 궁금하다는 표정으로 물었다.

"오, 어머니." 킨타로가 자신감 넘치는 표정으로 대답했다.

"당연히 제가 가장 힘이 세지 않겠습니까? 그 동물들은 애초에 저와 상대도 안 되었습니다."

"그럼 너 다음으로 힘이 센 동물은 누구였느냐?"

"곰이었습니다." 킨타로가 대답했다.

"곰 다음은?" 어머니가 계속해서 물었다.

"사실 그 다음부터는 잘 모르겠습니다. 사슴이나 원숭이, 토끼는 다 고만고만한 것 같습니다."

킨타로가 대답했다. 그 때 갑자기 밖에서 누군가의 목소리가 들려왔다.

"이봐, 소년! 다음번에 갈 때는 이 늙은이도 데려가 다오. 나도 같이 씨름을 해보고 싶구나!"

강에서부터 소년의 뒤를 따라온 늙은 나무꾼이었다. 그는 나막신을 벗고는 오두막 안으로 들어왔다. 어머니와 소년은 깜짝 놀랐다. 갑자기 집 안으로 쳐들어온 낯선 남자를 뚫어지게 쳐다보며 물었다.

"당신은 누구시죠?" 모자가 동시에 외쳤다. 그러자 나무꾼이 웃음을 터뜨리며 대답했다.

"내가 누구인지는 중요하지 않죠. 내가 궁금한 것은 이 소년과 내가 팔씨름을 하면 과연 누가 이길까 하는 것입니다."

태어나서부터 쭉 숲속에서만 살아온 킨타로는 늙은이 앞에서도 전혀 주눅 들지 않고 대답했다.

"원하신다면 기꺼이 하죠. 대신 누가 이기든 간에 절대 화를 내시면 안 됩니다."

그들은 당장 오른팔을 올리고는 손을 맞붙잡았다. 대결은 생각보다 훨씬 팽팽했다. 나무꾼의 힘도 만만치가 않았다. 한참 동안 승부가 나지 않았다. 결국 나무꾼이 비긴 것으로 마무리하자고 하였다.

"너는 정말 엄청난 힘을 가진 소년이구나. 여태 나와 팔씨름을 해서 이긴 이가 없었는데 말이다."

나무꾼은 진심으로 놀란 표정이었다.

"몇 시간 전에 강둑 근처에서 너를 처음 봤지. 그 거대한 나무를 뽑아 다리를 만들 때 말이다. 눈앞에서 보고도 믿을 수가 없어 이렇게 집까지 따라온 것이다. 지금 이 팔씨름이 너의 엄청난 힘을 증명해주었구나. 벌써부터 이렇게 힘이 센데 성인이 되면 분명 일본에서 가장 힘이 센 자가 될 것이 틀림없다. 이런 엄청난 능력의 소년이 외딴 산속에 숨어 살다니 참 안타까운 일이다."

그러더니 나무꾼은 킨타로의 어머니를 보며 물었다.

"혹시 교토로 아들을 데리고 와 검술을 가르쳐 사무라이로 키우실 생각이 없습니까?"

"제 아들을 좋게 봐주시니 정말 감사합니다."

어머니가 공손하게 대답하였다.

"하지만 보시다시피 이 아이는 쭉 산속에서 거칠게 자라 제대로 배운 것도 없습니다. 말씀은 고맙지만 아무래도 쉽지는 않을 것 같습니다. 태어날 때부터 엄청난 힘을 가지고 태어나 주위 사람들을 다치게 하였습니다. 그래서 이렇게 아무도 없는 외딴 산속으로 도망쳐온 것입니다. 저 역시 아들이 강인한 사무라이가 되어 양 손에 검을 들고 휘두르는 모습을 보는 것이 평생소원입니다. 하지만 교토에는 아는 사람도 하나 없고 우리를 도와줄 만한 사람도 주위에 없습니다. 그러니 아무래도 어려울 것 같습니다."

"그 부분이라면 전혀 걱정하실 것이 없습니다. 사실 저는 나무꾼이 아니라 장군입니다. 미나모토 노 라이코 왕의 신하 사다미츠라고 합니다. 왕께서 나라 이곳저곳을 돌아다니며 힘이 센 소년들을 찾아오라고 명령하셨습니다. 미래의 군사들을 꾸리기 위해서 말입니다. 그래서 나무꾼의 모습을 하고 이렇게 온 것입니다. 정말 운이 좋게도 이 소년을 만났고요. 그러니 어머니께서도 정말 아들이 훌륭한 사무라이가 되는 것을 원하신다면 제가 이 소년을 라이코 왕에게 데려가고자 합니다. 어떻게 생각하십니까?"

장군의 말을 들은 소년의 어머니는 몹시 기뻐했다. 그의 말대로라면 자신의 평생소원을 이룰 수 있을 것 같았다. 그녀는 장군에게 예를 갖추며 허리를 굽혔다.

"그럼 당신을 믿고 제 아들을 부탁드리겠습니다."

킨타로는 어머니 옆에 딱 붙어 그들의 대화를 처음부터 끝까지 빠뜨리지 않고 듣고 있었다. 어머니의 말이 끝나자마자 소년이 큰 소리로 외쳤다.

"신난다! 신난다! 저 장군님을 따라가기만 하면 나도 사무라이가 될 수 있다!"

이제 킨타로의 운명은 정해졌다. 장군은 당장 소년과 함께 교토로 향하였다. 어머니는 기쁘면서도 슬픈 마음을 억누를 수가 없었다. 아들마저 떠나면 그녀의 곁에 남은 것이 아무것도 없기 때문이었다. 하지만 강인한 어머니답게 그녀는 애써 슬픈 표정을 감추었다. 아들의 미래를 위해서라면 지금 보내주어야만 했다. 무한한 가능성을 가진 아들의 앞길을 막을 수는 없었다.

킨타로는 절대 어머니를 잊지 않겠다 약속하였다. 멋있게 검을 휘두르는 사무라이가 되자마자 새 집을 하나 지을 테니 그곳에서 영원히 함께 살자고 하였다. 그동안 함께 지냈던 곰, 사슴, 원숭이, 토끼를 포함한 동물들도 그가 떠나는 것을 알고는 자기들도 데려가면 안 되겠냐고 물었다. 하지만 그의 미래와 나라를 위한 일이라는 것을 알고는 아쉽지만 기쁜 마음으로 배웅해주었다.

"킴보." 어머니가 마지막으로 아들을 불렀다.

"항상 착하게 살아야 한다."

"킨타로." 동물들도 마지막 작별인사를 건넸다.

"부디 건강하길 바랄게."

그들은 마지막까지 그의 모습을 보기 위해 나무 위로 올라갔다. 킨타로의 뒷모습이 점점 멀어지더니 이내 시야에서 사라졌다. 사다미츠 장군은 킨타로를 발견한 것이 뜻밖의 행운을 얻은 것 같아 내내 기쁨을 감추지 못했다. 마침내 그들은 목적지에 도착했다. 장군은 킨타로를 라이코왕 앞으로 데려가 어디서 그를 발견했으며 얼마나 위대한 능력을 가졌는지 자세히 설명하였다. 그의 이야기를 들은 라이코왕은 굉장히 흡족한 표정을 지으며 킨타로를 당장 자신의 부하로 삼았다.

라이코의 군대는 '용감한 사인방'으로 아주 잘 알려져 있었다. 일본에서 가장 용맹하고 힘이 센 군인들 중에서도 라이코에게 직접 선택받은 이들로 구성된 소수정예 집단이었으며 자국의 어떤 부대들과 비교해도 월등히 뛰어난 집단이었다.

킨타로가 성인이 되자 라이코는 '용감한 사인방' 중에서도 가장 힘이 센 그를 대장으로 임명하였다. 얼마 지나지 않아 그의 고향에서 멀지 않은 마을에 식인 괴물이 나타나 사람들이 공포에 떨고 있다는 소식이 전해졌다.

    라이코는 킨타로에게 직접 나서라고 명령하였다. 그는 드디어 제대로 검을 휘두를 때가 왔다는 기대감을 안고는 당장 마을로 떠났다. 그는 동굴 속에 숨어있던 괴물의 머리를 단번에 베어 죽여 버리고는 의기양양하게 돌아왔다. 이제 킨타로는 일본에서 가장 훌륭한 영웅이 되었다. 권력과 명예뿐 아니라 엄청난 부도 얻게 되었다. 이제 어머니와의 약속을 지킬 차례였다. 그는 교토에 아늑한 집을 지어 어머니와 함께 영원히 행복하게 살았다고 한다. 이 정도면 정말 위대한 영웅담이 아닌가?

하세 공주 이야기

오래전 옛날 일본 옛 수도에 지혜로운 왕자 토요나리 후지와라가 살고 있었다. 그의 부인 무라사키 공주는 선하고 고귀한 아름다운 여인이었다. 그들은 일본 관습에 따라 어린 나이에 결혼하여 행복하게 잘 살고 있었다. 하지만 그들을 슬프게 만드는 한 가지가 있었으니 바로 수 년 동안 아이가 생기지 않는 것이었다.

그들은 얼른 가족의 성을 딴 아기를 낳아 키우는 재미도 느끼고, 자신들이 죽고 나면 관습대로 장례까지 치러줄 아이들을 갖고 싶었다. 하지만 오랜 시간이 지나도 영 아기가 생길 조짐이 보이지 않자 그들은 고심 끝에 하세-노-과논(자비의 여신) 사원에 참배를 하러 가기로 결심했다. 그들이 믿는 종교에 따르면 자비의 어머니 과논은 인간들이 무엇인가를 간절히 바라며 기도하면 그에 따른 응답을 준다고 했다.

토요나리 부부는 수년간 아기가 생기게 해달라고 간절히 기도해왔었다. 그러니 이제 자비의 여신이 그 기도의 응답을 들어줄 때가 된 것 같았다. 지금 부부가 원하는 것은 아기 외에는 아무것도 없었기 때문이다. 그 외의 모든 것들을 충분히 누리고 살고 있었지만 마음 한 구석에는 항상 부족함이 자리하고 있었다.

그리하여 토요나리 왕자와 무라사키 공주는 하세에 있는 과논의 절로 향하였다. 꽤 오랫동안 그곳에 머무르면서 하루도 빠지지 않고 향을 피우며 간절히 기도를 드렸다. 지성이면 감천이라고 결국 그들의 기도가 이루어졌다.

그들 사이에서 예쁜 딸이 태어났다. 무라사키 공주는 가슴이 벅차올랐다. 부부는 과논의 절이 위치한 지명을 따 그녀를 하세히메, 혹은 하세공주라 부르기로 하였다. 어렵게 얻은 딸인 만큼 그들은 애지중지 정성을 다해 하세를 길렀다. 부부의 극진한 보살핌으로 아이는 아름답고 튼튼하게 자랐다. 하지만 그녀가 다섯 살이 되던 해에 무라사키 공주가 갑자기 앓아눕게 되었다. 어떤 의사도 어떤 약도 그녀를 살릴 수가 없었다. 그녀는 숨이 끊어지기 직전 딸을 불러 머리를 쓰다듬으며 말했다.

"하세야. 이제 어머니는 세상을 떠날 때가 된 것 같구나. 하지만 내가 죽고 나서도 착하고 선한 여인으로 자라야 한다. 아버지나 유모를 힘들게 해서는 안 된다. 아마 네 아버지는 너를 위해서라도 새 부인과 결혼을 할 것이다. 그렇다고 슬퍼하지 말거라. 새어머니라고 생각하지 말고 진짜 너를 낳아준 어머니라 생각하고 말을 잘 듣거라. 아버지와 새어머니에게 자식 된 도리를 다해야 한다. 그리고 성인이 되면 윗사람 말에는 무조건 복종하고 아랫사람에게는 친절과 아량을 베풀어야 한다. 반드시 명심하거라. 너는 분명 훌륭한 여인으로 자랄 것이라 믿는다."

하세는 어머니의 말을 귀 기울여 들으며 반드시 바른 여성으로 자라겠다고 약속했다. "세 살 버릇 여든까지 간다." 는 속담이 있듯이 하세는 어머니가 바란 대로 아주 훌륭하고 순종적인 공주로 자랐다. 사실 그 당시의 하세는 어머니를 잃은 슬픔을 느끼기에는 너무 어린 나이였다.

토요나리 왕자는 부인이 세상을 떠난 지 얼마 안 되어 테루트 공주와 재혼을 했다. 아, 그녀는 착하고 지혜로운 무라사키와는 전혀 반대로 아주 사악하고 못된 여인이었다. 그녀는 자신의 의붓딸을 못 마땅해 하며 기회가 생길 때마다 못살게 굴었다.

"이 아이는 내 딸이 아니다! 이 아이는 내 자식이 아니다!"

하지만 착한 하세는 불평 한 마디가 없었다. 오히려 새어머니의 말에 더욱 복종하였고 상냥하게 대하였다. 무라사키가 가르친 대로 절대 말썽을 피우는 일 없이 고분고분하게 자신의 말을 따르니 테루트는 더 이상 의붓딸을 미워할 구실이 없었다.

하세는 아주 성실한 소녀였다. 특히 음악과 시를 좋아하여 하루 몇 시간이고 그에 대한 공부를 했다. 그녀의 아버지는 딸을 위해 코토(일본 하프)와 작문 분야에서 가장 뛰어난 선생님을 찾아와 딸의 가르침을 부탁했다. 그녀가 12살이 되던 해에는 그 연주 솜씨가 너무나도 훌륭해 어머니와 함께 황실로 불려가 황제 앞에서 공연을 하기도 했다.

벚꽃이 만발한 어느 봄날 황실에서 성대한 축제가 열렸다. 황제는 몹시 즐거워하며 하세에게 코토 솜씨를 뽐내보라고 하였다. 어머니 테루트는 옆에서 피리 연주를 했다. 황제는 단상 위에 앉아 있었는데 그의 앞에는 얇게 잘라진 대나무와 보라색 장식술로 만들어진 장막이 쳐져있어 얼굴을 볼 수는 없었다. 그 당시에는 일반 백성들은 누구도 그의 신성한 얼굴을 쳐다볼 수 없었기 때문이다. 어쨌든 하세는 어린 나이에도 불구하고 뛰어난 악기 솜씨를 가진 소녀였다.

그녀의 뛰어난 악보 암기 능력과 음악적 재능에 그녀를 가르치는 스승들조차 깜짝 놀랄 때가 한두 번이 아니었다. 그녀는 특별한 행사가 있을 때마다 연주를 훌륭하게 해냈다. 하지만 의붓어머니 테루트는 몹시 게으른 여자라 연습이라고는 하지 않았다. 당연히 솜씨는 형편없었고 중요한 행사가 있으면 다른 사람에게 대신 맡기곤 했다.

이것은 상당히 망신스러운 일이었다. 하지만 스스로 노력할 생각은 않고 점점 더 많은 사람들에게 인정받는 딸에게 오히려 질투하기 시작했다. 게다가 왕실에서는 하세의 연주에 대한 보답으로 많은 선물들을 보내왔는데 이것은 테루트의 심술과 시기심을 더욱 불타오르게 만들었다. 테루트가 하세를 점점 더 미워하게 된 또 다른 계기가 있었다. 어느 날 점을 봤는데 곧 아들을 낳게 된다는 것이었다. 그녀는 속으로 생각했다.

"하세만 이 세상에 없으면 내 아들이 남편의 사랑을 독차지하게 될 것이다."

그녀의 사악한 마음은 끝이 없었다. 의붓딸이 죽기까지 바라는 아주 못된 새어머니였다. 어느 날 그녀는 독약을 구해와 달콤한 포도주에 독을 섞어 병에 넣었다. 똑같이 생긴 다른 병에는 그냥 포도주를 채워 넣었다. 5월 5일 어린이날이 되었다. 하세는 남동생과 재밌게 놀고 있었다. 병사와 영웅 모양의 장난감들을 펼쳐 놓고는 동생에게 각 장난감에 얽힌 이야기들을 들려주었다. 그들은 시중들과 함께 시간 가는 줄 모르게 즐거운 시간을 보내고 있었다. 그 때 테루트가 와인 두 병과 맛있는 케이크를 들고 왔다.

"아주 재밌어 보이는구나."

테루트가 음흉한 미소를 띠며 말했다.

"우리 착한 아이들을 위해 포도주와 케이크를 좀 가져왔단다."

그녀는 술잔에 각각 다른 포도주를 따라주었다. 하세는 새어머니가 무슨 일을 꾸몄는지 알 리가 없었다. 동생과 함께 잔을 함께 나눠들었다.

테루트는 어느 병에 독을 탄 포도주를 담았는지 미리 확인해두었다. 하지만 방에 들어오면서 긴장한 탓에 허겁지겁 잔을 채우느라 독이 든 포도주를 자기 아들에게 따라주고 말았다.

그녀는 하세가 포도주를 마시는 모습을 초조한 마음으로 쳐다보았다. 당연히 아무 일도 일어나지 않았다. 그 순간 옆에 있던 아들이 비명을 지르더니 고통에 몸부림치기 시작했다. 테루트는 당장 포도주잔을 뒤엎으며 아들을 들어올렸다. 시중들이 얼른 의사를 데리고 왔지만 아이를 살릴 방법은 없었다. 결국 불쌍한 소년은 몇 시간 뒤 어머니의 품에 안긴 채 숨이 끊어지고 말았다. 그 시절에는 의사들이라고 해도 병의 원인을 찾지 못하는 경우가 많았다. 아무래도 어린 소년이 독한 포도주를 마셔 그렇게 된 것 같다는 소문만이 돌 뿐이었다.

의붓딸을 없애려던 계모가 벌을 받은 것이었다. 하지만 그녀는 전혀 뉘우치는 기색이 없었다. 오히려 전보다 훨씬 더 진심으로 하세를 미워하고 증오하기 시작했다. 언젠가 반드시 하세를 없애버려야겠다고 다짐하며 적절한 때를 기다리고 있었다.

하세가 13살이 되던 해에 그녀는 이미 인정받은 여류 시인이 되었다. 그 시절에 어린 소녀가 사람들에게 존경을 받는 다는 것은 상당히 놀라운 일이었다. 때는 장마철이었다. 엄청난 폭우에

날마다 마을이 물에 잠기고 있었다. 황실 주위를 흐르는 타츠타강의 수면은 이미 강둑을 넘어서 철철 넘치고 있었다. 엄청난 물살이 거세게 흐르는 소리는 밤낮으로 황제를 괴롭히더니 결국 그는 신경쇠약까지 걸리고 말았다. 황제는 전국의 모든 절에 칙령을 공포하였다. 홍수를 멈추게 기도를 하고 빌라는 것이었다. 하지만 모두 헛수고였다.

한편 그 시절에는 토요나리의 딸인 하세 공주가 일본에서 가장 뛰어난 시인이라는 소문이 퍼져나가고 있었다. 아직 나이는 어리지만 그녀를 가르친 스승들조차 인정한 시인이었다. 전기 작가 오노노코마치의 말에 따르면 아름답고 솜씨 좋은 여류 시인이 하늘에 기도를 올리면 가문 지역에 비를 내려준다고 했다. 그럼 하세 공주가 시를 써서 기도를 하면 황실을 괴롭히는 저 홍수도 멈출 수 있지 않을까? 어느새 그 소문은 황제의 귀에까지 퍼져갔다. 그는 당장 토요나리 왕자를 불러 명령하였다.

아버지의 말을 들은 하세공주는 깜짝 놀란 동시에 겁도 났다. 황제의 목숨이 자신의 글에 달려있다니 어린 소녀가 감당하기에는 분명 버거운 일이었다. 하지만 하세는 최선을 다해 시를 써서 금가루가 뿌려진 종이에 정성스레 옮겨 적었다. 그녀는 아버지와 시중들, 황실 사람들과 함께 여전히 강물이 흘러넘치고 있는 둑으로 향했다. 하늘을 향해 두 손을 번쩍 들고는 진심을 다해 큰 소리로 시를 읊었다. 그 순간 놀라운 일이 벌어졌다. 강물은 언제 그랬냐는 듯 다시 잠잠해졌고 황실을 괴롭히던 엄청난 물살 소리도 더 이상 들리지 않았다. 그 즉시 황제도 건강을 되찾았다.

황제는 너무나도 기뻤다. 당장 하세를 황실에 보내어 친조(중장)계급을 달아주었다. 그 때부터 하세는 친조 히메, 혹은 중장 공주로 불렸다. 모든 이들이 그녀를 아끼고 존경하였다. 하지만 유일하게 그녀를 못 마땅해 하는 이가 있었으니 바로 계모 테루트였다. 하세를 죽이려던 못된 마음 때문에 도리어 아들을 죽여 버린 그녀는 하세가 점점 더 사람들에게 인정받고 황실의 명예를 얻는 모습을 볼 수가 없었다. 그녀의 질투와 시기는 불처럼 활활 타올라 남편에게 딸에 대한 험담을 지어내기까지 했지만 아무 소용이 없었다. 그는 부인이 분명 뭔가 착각한 것이라며 그녀의 말을 들은 체도 하지 않았다.

결국 테루트는 남편이 한동안 집을 떠나 있는 동안 적절한 기회를 잡았다. 하인 하나를 시켜 하세를 히바리 산으로 데려가게 하였다. 그곳은 일본에서 가장 거친 황무지였는데 그곳에서 하세를 죽일 생각이었다. 그는 무시무시한 이야기를 지어내 하인에게 들려주면서 가족 전체가 망신당하는 일이 없으려면 딸을 죽이는 수밖에 없다고 하였다.

하인 카토다는 여주인의 말을 거역할 수가 없었다. 토요나리가 없는 상황에서 알단은 그녀의 말을 따르는 척 하는 것이 최선의 방법이었다. 그는 하세를 가마에 태우고는 가장 외진 땅으로 향하였다. 하세는 계모에게 저항해봤자 아무 소용이 없을 것을 알고 가마에 몸을 실을 수밖에 없었다. 하지만 카토다는 그런 터무니없는 거짓말 때문에 죄 없는 이 어린 소녀가 죽게 내버려둘 수는 없었다. 하지만 하세를 죽이지 않는 이상 자신의 여주인에게 돌아갈 수도 없는 일이었다.

그는 어쩔 수 없이 하세와 함께 황무지에서 머물러 지내야했다. 몇몇 농부들의 도움을 받아 작은 오두막을 짓고는 몰래 부인을 불러와 둘이서 정성스레 하세를 돌보기 시작했다. 하세는 아버지가 자신이 없어진 것을 발견한 즉시 꼭 찾아올 것이라 굳게 믿고 있었다.

그로부터 몇 주 후 토요나리가 집에 돌아왔다. 부인은 하세가 큰 잘못을 저질렀는데 꾸중 듣는 것이 두려워 도망가 버렸다고 거짓말을 했다. 그는 걱정이 되어 아무것도 할 수가 없었다. 모든 하인들도 똑같은 소리를 했다. 하세가 어느 날 갑자기 사라지더니 영문도 모르겠고 어디로 갔는지도 전혀 모르겠다고 했다. 사람들의 귀에 들어갈 것이 두려웠던 그는 밖으로 소문이 새어나가지 않게 하인들 입단속을 시키며 조용히 혼자 이곳저곳을 뒤지며 하세를 찾아다녔다. 하지만 딸의 모습은 어디에서도 찾을 수가 없었다.

   그는 잠시라도 근심에서 벗어나기 위해 병사들을 불러 며칠간 사냥을 가자고 하였다. 그들은 금세 준비를 마치고 문 앞에서 주인이 나오기를 기다리고 있었다.

   토요나리는 말을 타고 히바리산으로 힘차게 달렸다. 엄청난 수의 병사들이 함께 달렸지만 그의 속도를 따라잡을 수 있는 이는 아무도 없었다. 한참을 달린 끝에 그림 같은 계곡이 펼쳐진 곳에 도착했다. 토요나리는 아름다운 경치를 감상하다가 가까운 언덕 위에 있는 작은 집 한 채를 발견하였다. 그 때 책을 읽는 청아한 목소리가 들려왔다.

   이런 외진 곳에서 누가 저렇게 열심히 공부를 하나 호기심이 생긴 그는 말에서 내려 오두막 쪽으로 가보았다. 그는 깜짝 놀랐다. 예쁘장한 작은 소녀가 책을 읽고 있는 것이었다. 그녀는 오두막 문을 활짝 열어놓고는 아름다운 하늘을 바라보며 앉아있었다. 좀 더 자세히 귀를 기울여 보니 그녀는 온 정신을 집중하여 불경을 읽고 있었다. 점점 더 궁금증이 커진 그는 정원 쪽으로 발길을 재촉했다. 그 순간 눈앞에 보이는 소녀는 잃어버렸던 딸 하세인 것이었다. 하지만 그녀는 너무 집중하고 있던 탓에 누가 가까이 오는 것도 모르고 있었다.

   "하세!" 그가 목 놓아 외쳤다.

"정말 내 딸 하세가 맞구나!"

생각지도 못했던 상황에 깜짝 놀란 그녀는 순간 아버지의 목소리도 알아채지 못하였다. 그녀는 한동안 충격에 휩싸여 아무 말도 나오지 않았고 움직일 수도 없었다.

"오, 아버지! 정말 아버지이시군요!"

하세는 얼른 아버지를 향해 뛰어가 와락 껴안고는 얼굴을 파묻고 눈물을 흘렸다. 그는 딸의 머리를 쓰다듬으며 대체 무슨 일이 있었던 거냐고 물었다. 하지만 그녀는 하염없이 눈물만 흘리고 있었다. 그는 지금 이 상황이 꿈이 아닐까 하는 생각까지 들었다. 그 때 하인 카토다가 오두막 밖으로 나오더니 땅에 닿을 정도로 고개를 숙이며 그동안 있었던 일들을 모두 사실대로 털어놓았다.

자초지종을 들은 토요나리는 몹시 화가 났다. 당장 사냥을 접고 하세와 함께 집으로 달려갔다. 군사들 중 하나가 미리 집으로 뛰어가 하세를 찾았다는 기쁜 소식을 전했는데 그 말을 들은 계모 테루트는 자신의 악행과 거짓말이 모두 탄로 난 것을 깨달았다. 잔뜩 겁에 질린 그녀는 결국 망신스럽게 자신의 아버지 집으로 도망을 갔다. 이후 그녀의 소식을 들은 이는 아무도 없었다.

카토다는 하세를 극진히 보살핀 대가로 토요나리를 가장 가까이서 보필하는 직위를 얻게 되었다. 이후로도 그는 죽을 때까지 하세를 돌보며 행복하게 살았으며 하세 역시 자신을 보살펴준 충실한 그의 은혜를 평생 잊지 않았다. 더 이상 그녀를 괴롭히는 계모도 없었고 하루하루 아버지와 즐겁고 행복한 날들을 보냈다.

한편 토요나리에게는 아들이 없었기 때문에 황실의 신하 중 하나를 골라 그의 아들과 하세를 결혼시키고 왕위도 물려줄 생각이었다. 하세공주는 오랜 세월 동안 건강하게 장수하였는데 사람들이 말하길 하세는 얼굴이 아름다울 뿐만 아니라 믿음도 두텁고 세상에서 가장 지혜로운 여인이라 하였다.

하세는 토요나리가 왕위에서 내려오기 직전 아들을 낳았으며 그는 장차 왕좌에 오를 인물이 되었다. 교토에 있는 절들을 구경하다보면 꽤 오래된 흔적의 자수를 발견할 수 있다. 아름다운 색깔의 융단에 연잎 줄기에서 뽑아낸 고운 실로 부처님의 얼굴을 수놓은 것들 말이다. 사람들의 말에 따르면 그것들이 바로 하세공주의 작품이라고 한다.

행복한 사냥꾼과 솜씨 좋은 낚시꾼

아주 오래 전 옛날 일본이 태양신 아마테라스의 후손인 미코토 (어거스트니스) 4대 자손인 호호데미 지배 아래 돌아가던 시절의 일이다. 그는 선조들처럼 외모가 뛰어날 뿐만 아니라 힘도 세고 아주 용감한 자였으며 일본에서 가장 뛰어난 사냥꾼으로 알려져 있었다.

그를 '야마사치히코' 또는 '행복한 사냥꾼'이라 불렸는데 누구도 그의 사냥 기술에 대적할 수 있는 자가 없었다. 반면 그의 형은 아주 뛰어난 낚시꾼이었다. 고기 낚는 능력만큼은 감히 누구도 따라올 자가 없었다. 사람들은 그를 '우미사치히코' 혹은 '솜씨 좋은 낚시꾼'이라 불렀다. 두 형제는 사냥과 낚시를 즐기며 행복한 나날을 보내고 있었다. 각자 잘하는 것만 해도 시간은 빠르게 흘러갔다. 한 날은 사냥꾼 동생이 낚시꾼 형에게 다가와 이렇게 말하는 것이었다.

"형님. 형님은 아침마다 낚싯대를 들고 나가서는 매일 엄청난 양의 물고기를 잡아오지 않소. 나는 매일 활과 화살을 챙겨 산속을 다니면서 동물들을 사냥하는 것이 큰 기쁨인 것처럼 말이오. 둘 다 우리가 잘하는 일인 것은 틀림없지만 너무 한 가지만 오래하다 보니 살짝 지루해지는 것도 사실이지 않소. 그래서 말인데 서로 한번 바꿔 살아보는 것이 어떠합니까? 나는 바다에서 낚시를 하고 형님은 산에서 사냥을 하는 것이죠."

낚시꾼은 아무 말 없이 아우의 말을 잠자코 듣고만 있었다. 잠시 생각에 잠기더니 한참 만에 입을 열었다.

"좋다. 안 될 것도 없지. 재밌을 것 같구나. 네 활과 화살을 내게 다오. 당장 산속으로 가서 사냥을 해보겠다."

아우의 한 마디로 형제는 서로의 일을 바꿔 해보기로 한 것이다. 앞으로 어떤 일이 일어날 지는 둘 다 전혀 알지 못했다. 생각해보면 참 말도 안 되게 어리석은 일이었다. 사냥꾼 아우는 낚시에 대해 아는 것이 전혀 없었으며 심술궂은 낚시꾼 형 역시 사냥은 전혀 해본 적이 없었기 때문이다.

행복한 사냥꾼은 형이 아끼는 비싼 낚싯대와 바늘을 챙겨들고 바닷가로 내려가 바위들 위에 자리를 잡고 앉았다. 바늘에 미끼를 끼워 서투른 솜씨로 낚싯대를 물속으로 던졌다.

물 위로 흔들리는 찌를 가만히 바라보며 형처럼 엄청난 수의 물고기를 잡을 수 있기를 간절히 바라고 있었다. 부표가 흔들릴 때마다 혹시나 하는 마음에 낚싯대를 당겨보았지만 미끼는 그대로 매달려 있을 뿐이었다. 만약 그가 고기 낚는 법을 제대로 알았더라면 지금쯤 아마 양동이 한 가득 낚았을 것이다. 사냥 솜씨가 최고라 해도 낚시에 있어서는 완전 젬병이었다.

그는 하염없이 기다리고만 있었다. 낚싯대를 손에 꼭 쥔 채 한 가닥 희망을 품고 기다려봤지만 모두 헛수고였다. 어느덧 날이 저물기 시작했지만 그 때까지 단 한 마리도 잡지 못한 상태였다. 집으로 돌아가기 전 마지막으로 한 번 더 낚싯대를 당겨보았다. 그런데 낚시 바늘이 사라져버린 것이었다. 언제 떨어뜨렸는지도 알 수가 없었다.

그는 몹시 걱정이 되었다. 가뜩이나 제일 아끼던 바늘을 잃어버린 것을 알면 형님이 불같이 화낼 것이 뻔했다. 사냥꾼은 바위 사이와 모래를 샅샅이 뒤지며 바늘을 찾기 시작했다. 그 때 마침 낚시꾼 형이 그곳으로 오고 있었다. 그는 하루 종일 아무것도 사냥하지 못해 상당히 화가 난 상태였다. 아우가 바닷가에서 무언가를 다급히 찾는 모습을 본 그는 뭔가 문제가 생긴 것을 직감하고는 크게 소리쳤다.

"아우야, 무슨 일이냐?"

나무꾼은 잔뜩 겁먹은 표정이었다. 사실을 털어놓는 순간 불호령이 떨어질 것 같았다.

"오, 형님. 제가 정말 큰 실수를 저질렀습니다."

"대체 무슨 일이냐? 무슨 일을 저지른 것이냐?"

형은 궁금해 죽겠다는 표정이었다.

"형님이 아끼시는 낚시 바늘을 잃어버렸……"

아우의 말이 채 끝나기도 전에 그는 고함을 쳤다.

"내 낚시 바늘을 잃어버렸다고! 이럴 줄 알았다. 이래서 애초에 네 제안을 받아들이는 것이 아니었는데. 영 내키지 않았지만 네가 하도 원하기에 들어주었더니 기어코 일을 저지르고 말았구나. 감히 내가 아끼는 바늘을 잃어버리다니. 그것을 찾아올 때까지 네 활과 화살 역시 내가 가지고 있겠다. 어서 바늘을 찾아오거라."

사냥꾼은 모든 것이 자신의 잘못임을 알고 있었기에 형님의 꾸짖음과 호통을 참고 들을 수밖에 없었다. 그는 온 사방을 뒤지며 바늘을 찾아다녔다. 하지만 어디에도 바늘의 흔적은 보이지 않았다. 결국 바늘 찾기를 포기하고는 집으로 돌아갔다. 무엇이라도 해야겠다 싶어 자신이 가장 아끼는 검을 산산조각 내어 그것으로 500개의 바늘을 만들었다.

그는 바늘을 들고 형님에게 가 진심으로 용서를 빌었다. 도저히 바늘을 찾을 수가 없으니 대신 그것이라도 받아달라고 통 사정을 했다. 하지만 그는 눈 하나 꿈쩍하지 않았다. 바늘을 받기는커녕 아우의 말을 들은 체도 하지 않았다. 사냥꾼은 또 다른 검으로 바늘을 500개 더 만들어 다시 형님에게 갔다. 제발 한 번만 봐 달라고 간절하게 애원하였다.

"네가 아무리 많은 바늘을 만들어온다 한들 다 부질없는 짓이다."

낚시꾼이 고개를 저으며 말했다.

"진짜 내 바늘을 찾아오기 전까지는 절대 너를 용서하지 않을 것이다."

그의 화를 가라앉힐 수 있는 방법은 아무것도 없었다. 원래부터 성미가 고약했던 형은 착하고 선한 아우를 늘 미워하고 있었다. 이번 기회에 그를 죽여 왕위를 빼앗을 계획까지 세우고 있었다. 아우 역시 이 사실을 잘 알고 있었다. 하지만 아무 말도 할 수가 없었다. 나이로 따지면 자신은 당연히 형님의 말에 복종해야 했다.

사냥꾼은 다시 한 번 바닷가로 나가 낚시 바늘을 찾아 헤매기 시작했다. 하지만 아무래도 바늘은 영원히 사라져버린 것 같았다. 완전히 절망한 그는 이제 어떻게 해야 할지 몰라 풀이 죽어 있었다. 그때 그의 눈앞에 갑자기 지팡이를 든 노인 하나가 나타났다. 너무도 순식간에 일어난 일이라 그가 어디서 튀어나온 건지도 알 수가 없었다. 문득 고개를 들어보니 자기 쪽으로 다가오는 노인이 보인 것이었다.

"너는 호호데미이구나! 행복한 사냥꾼이라고도 불리는 그 호호데미가 맞지?" 노인이 물었다.

"이런 곳에서 혼자 무얼 하고 있느냐?"

"네. 호호데미가 맞습니다."

그 순간만큼은 전혀 행복하지 않은 사냥꾼이 대답했다.

"낚시를 하다가 형님이 아끼는 낚시 바늘을 잃어버리고 말았습니다. 바닷가 전체를 전부 뒤지고 있는데 찾을 수가 없어서 정말 난처한 상황입니다. 바늘을 찾기 전까지 형님은 절대 저를 용서하지 않을 겁니다. 그나저나 누구십니까?"

"나는 시우주치노 오키나라고 한다. 이 바닷가 근처에 살고 있지. 거참 안타까운 이야기이다. 몹시 걱정되는 마음은 잘 알겠지만 솔직히 말하자면 여기서는 바늘을 절대 찾을 수 없을 것 같구나. 이미 바다 깊숙이 가라앉았거나 아니면 물고기가 삼켜버렸거나 둘 중 하나일 테니 말이다. 그러니 아무리 이곳을 뒤져도 바늘을 절대 찾을 수 없을 것이다."

"그럼 이제 어떻게 하면 좋죠?"

그는 절망에 빠진 표정으로 물었다.

"바다 아래 용궁 린구로 내려가 용왕 린긴에게 사정을 이야기하는 것이 좋을 것 같구나. 그는 기꺼이 네가 바늘 찾는 것을 도와줄 것이다. 지금으로서는 그 방법뿐인 것 같구나."

"그것 참 좋은 생각입니다."

다시 행복해진 사냥꾼이 대답했다.

"하지만 소문을 듣기로는 용궁은 바다 가장 깊은 곳에 있다고 하던데 제가 어떻게 그곳까지 갈 수 있을까요?"

"그 점이라면 걱정하지 않아도 된다."

노인이 말했다.

"그곳으로 무사히 타고 갈 만한 것을 지금 당장 만들어주겠다."

"고맙습니다." 나무꾼은 기쁜 표정이었다.

"그렇게까지 도와주신다니 정말 감사합니다."

노인은 곧바로 무엇인가를 만들기 시작하더니 이내 완성된 바구니를 사냥꾼에게 건네주었다. 그는 몹시 기뻐하며 당장 바구니를 물 위에 띄우고는 그 위에 올라타 출발할 준비를 하였다. 자신을 도와준 노인에게 작별 인사를 전하며 바늘을 찾아 무사히 다시 돌아오게 되면 곧바로 은혜를 갚겠다고 말하였다.

노인은 그에게 용궁으로 가는 길을 알려주며 그가 무사히 바구니 위에 타는 것까지 지켜보았다. 바구니는 꼭 작은 보트처럼 생긴 모양이었다.

행복한 사냥꾼은 바구니를 타고 최대한 속도를 내기 시작했다. 그 희한한 배는 조종하지 않아도 마치 저절로 물길을 헤치고 나아가는 듯했다. 게다가 용궁은 생각했던 것보다 그리 멀지 않았다. 단 몇 시간 만에 저 멀리 용궁의 지붕과 큰 문이 보였다. 성이 어찌나 큰지 지붕과 장식용 박공, 돌로 세워진 단단한 벽들, 그리고 내부로 향하는 입구들이 셀 수 없을 정도로 많았다.

그는 용궁 앞에 도착하여 바구니를 세워두고는 꽤 커 보이는 입구 쪽으로 걸어갔다. 문은 반짝거리는 보석들로 장식되어 있었고 그 양쪽에 세워진 기둥은 아름다운 붉은 산호들로 만들어진 것이었다. 그 위에는 커다란 참나무 한 그루가 그림자를 드리우고 있었다.

사냥꾼은 그동안 바다 아래 용궁에 대한 소문을 들을 때마다 전혀 믿을 수 없는 이야기라 생각했었다. 하지만 마침내 실제로 보게 되니 그 아름다움과 놀라움은 정말로 존재하는 것이었다. 사냥꾼은 당장에라도 안으로 들어가고 싶었지만 문은 굳게 닫혀 있었다. 열어달라고 부탁할 사람도 아무도 없었다. 어떻게 해야 하나 잠시 생각에 잠겼다. 마침 참나무 그늘 아래에 맑은 샘물이 가득한 우물 하나가 보였다. 언제가 될지는 몰라도 분명 누군가가 물을 길으러 나올 것 같았다.

그는 나무를 타고 올라가 튼튼해 보이는 가지 위에 자리를 잡고 앉아 마냥 기다리기 시작했다. 얼마 지나지 않아 거대한 문이 열리더니 아름다운 두 여인이 밖으로 나오는 것이었다.

사실 사냥꾼은 용궁 린구에 관한 이야기를 들을 때마다 그곳에는 용처럼 끔찍한 생김새의 괴물들만이 살고 있을 것이라 생각했다. 그런데 생각지도 못했던 아름다운 여인 둘의 모습을 보자마자 그는 깜짝 놀란 동시에 점점 그곳에 대한 호기심이 커져갔다. 하지만 그는 여인들에게 말을 거는 대신 일단 나뭇잎들 사이로 조용히 지켜보고만 있었다. 그들이 무엇을 할지 궁금했다.

긴 드레스를 입은 여인들은 황금 양동이 여러 개를 들고 천천히, 그리고 우아하게 우물 쪽으로 다가오고 있었다. 그러더니 참나무 그늘 아래에 서서 물을 길으려는 것이었다. 사냥꾼이 용케 나뭇가지들 사이에서 아주 잘 숨어있던 덕에 낯선 이가 자신들을 지켜보고 있는지도 전혀 눈치 채지 못하고 있었다.

여인들이 우물 안쪽으로 몸을 구부려 양동이를 내리려는 순간 물에 비친 젊은 남자의 모습이 보였다. 그는 자신들이 서있는 바로 그 나무의 위쪽 가지에 앉아 뚫어지게 쳐다보고 있었다. 여태 인간의 모습을 본 적이 없었기에 그녀들은 움찔하며 우물 뒤로 물러났다. 하지만 곧 호기심이 생겨 눈을 동그랗게 뜨고는 나무 위를 쳐다보았다.

그곳에는 놀라움과 감탄이 섞인 표정으로 앉아있는 나무꾼 하나가 앉아있는 것이었다. 그들은 한동안 서로의 눈을 바라보고만 있었다. 하지만 양쪽 다 상당히 놀란 상태라 누구도 먼저 말을 꺼내지 않고 있었다. 사냥꾼은 자신의 존재가 들킨 것을 알아채고는 얼른 나무 아래쪽으로 내려갔다.

"지나가던 여행객인데 너무 목이 말라 헤매던 중 이 우물을 발견하게 되었습니다. 하지만 물을 뜰 수 있는 양동이가 없어 나무 위로 올라가 누군가가 오기만을 기다리고 있던 것입니다. 목이 너무 말라 죽을 것 같던 그 순간에 당신들의 모습이 보였습니다. 간절히 물 한 모금을 바라던 제 기도에 응답을 받은 것만 같았습니다. 그러니 부디 저에게 자비를 베풀어 물을 주시지 않겠습니까? 낯선 곳을 떠도는 여행객을 불쌍히 여겨 주십시오."

공손하면서도 품위 있는 그의 모습에 여인들은 더 이상 두려워하지 않으며 말없이 우물 가까이로 다가왔다. 황금 양동이를 물 속으로 집어넣어 물을 퍼서는 보석들로 아름답게 장식된 컵으로 물을 떠 나무꾼에게 건네주었다. 그는 양손으로 정중하게 컵을 받아 감사함과 존경의 의미로 이마 위로 번쩍 들어 올리더니 물을 벌컥벌컥 들이키기 시작했다. 정말 꿀맛이었다. 우물 가장자리에 컵을 내려놓고는 가지고 있던 단검을 꺼냈다. 목에 두르고 있던 목걸이 중 굽은 구슬(마가타마)하나를 잘라내더니 그것을 컵 안에 넣고 여인들에게 돌려주었다.

"감사함의 표시입니다." 그가 허리를 숙이며 말했다. 여인들은 컵을 받아들고는 안에 무엇이 들었나 살펴보았다. 아주 예쁜 보석 하나가 있는 것을 발견하고는 깜짝 놀란 표정이었지만 정확히 그것이 무엇인지는 알지 못한 듯 보였다.

"평범한 인간들은 자기들 마음대로 보석을 내주지 못합니다. 당신이 누구신지 알려주시면 감사하겠습니다."

그녀들 중 언니처럼 보이는 여인이 말했다.

"그러죠." 사냥꾼이 대답했다.

"저는 미코토 4대 자손 호호데미입니다. 또 사람들은 저를 행복한 사냥꾼이라고 부르기도 합니다."

"정말로 태양신 아마테라스의 후손인 호호데미이십니까?"

그녀가 깜짝 놀란 표정으로 물었다.

"저는 용왕 린긴의 첫째 딸 타요타마 공주입니다."

"그리고 저는 둘째 딸입니다."

그동안 한 마디도 하지 않던 여인 역시 그제야 입을 열었다.

"타마요리 공주입니다."

"당신들이 정말 용왕 린긴의 딸들입니까? 이렇게 만나게 되다니 몸 둘 바를 모르겠습니다."

사냥꾼은 너무나도 흥분하여 그들이 말할 틈도 주지 않고 계속해서 말을 이어갔다.

"어느 날 낚시를 하다가 제 형님에게 빌린 낚시 바늘을 잃어버리고 말았습니다. 형님이 가장 아끼는 물건이라 정말 큰일입니다. 저에게 엄청 화가 나신 상태라 그것을 찾기 전까지는 감히 형님의 용서를 구할 수가 없습니다. 하지만 온 사방을 샅샅이 뒤져도 바늘을 찾을 수가 없었습니다. 어떻게 해야 할지 몰라 정말 곤란했었죠. 그러던 중 한 노인을 만났는데 그가 이 용궁으로 와서 용왕 린긴에게 도움을 청하면 될 것이라고 알려주었습니다.

여기까지 오는 길도 그 노인이 알려준 겁니다. 그 덕분에 지금 제가 이렇게 당신들 앞에 서있는 것입니다. 저는 어서 린긴 용왕을 만나야합니다. 아마 내 바늘이 어디 있는지 알고 있을지 모릅니다. 그러니 부탁하건대 아버지에게로 데려다주시지 않겠습니까? 아, 그리고 혹시 아버지께서 저를 만나주실까요?"

사냥꾼은 약간 걱정이 되는 표정이었다. 한참 그의 이야기를 들은 타요타마 공주가 대답하였다.

"오히려 아버지께서는 몹시 기뻐하시며 당신을 만나고 싶어하실 겁니다. 아버지는 훌륭하고 고귀한 아마테라스 자손을 맞이하는 것을 아주 큰 행운으로 여기실 겁니다."

그녀가 동생 쪽으로 고개를 돌리며 물었다.

"그렇지 않니, 타마요리?"

"그렇고말고." 동생은 다정한 목소리로 대답하였.

"언니가 말한 대로 이곳에서 미코토 자손을 맞을 수 있는 것이 얼마나 큰 영광인지 몰라."

"그럼 길을 좀 안내해주시겠습니까?" 사냥꾼이 물었다.

"어서 안으로 들어오시죠."

자매는 정중하게 허리를 구부리며 한 목소리로 말했다. 언니가 사냥꾼을 안내하는 동안 동생은 헐레벌떡 아버지에게로 달려가 자초지종을 설명하였다. 어떻게 미코토 후손을 만났고 심지어 지금 용궁 안으로 들어오고 있다는 말을 들은 용왕은 너무나도 깜짝 놀랐다. 인간이 용궁에 오는 일은 수백 년에 한 번 있을까 말까 한 일이었기 때문이다.

용왕은 손뼉을 치며 성 안의 모든 신하들과 하인들을 불러 모았다. 그들 중 우두머리 물고기들에게 지금 태양신 아마테라스의 후손이 오고 있으니 예의와 격식을 갖추어 그를 대접해야 한다는 소식을 전하였다. 당장 모든 이들을 성 입구로 보내어 그를 반갑게 환영하라고 명령하였다.

린긴 용왕 역시 예복을 갖추어 입고 그를 맞이하러 나갔다. 잠시 후 타요타마 공주와 사냥꾼이 성 안으로 들어오는 모습이 보였다. 그는 부인과 함께 머리가 땅에 닿도록 고개를 숙이며 미코토 후손께서 바다 깊은 곳까지 찾아주셔서 정말 영광이라는 감사의 인사를 전하였다. 그리고는 나무꾼을 별실로 안내하여 상석에 모셨다. 용왕이 다시 한 번 정중하게 절을 하며 말하였다.

"저는 용왕 린긴입니다. 그리고 이쪽은 제 부인입니다. 저희를 영원히 기억해주시면 감사하겠습니다!"

"당신이 정말 소문으로만 듣던 그 린긴 용왕입니까?"

사냥꾼 역시 예를 갖추어 인사하며 말했다.

"이렇게 불쑥 찾아와서 정말 죄송합니다."

그는 다시 한 번 고개를 숙이며 용왕에게 감사를 표했다.

"전혀 아닙니다." 용왕이 대답했다.

"오히려 제가 감사드립니다. 이렇게 보잘 것 없는 곳까지 멀리 와주셔서 정말 영광입니다."

그들은 아주 즐거워하며 꽤 오랜 시간 동안 이야기를 나누었다. 한참 후 용왕이 손뼉을 치니 엄청난 수의 물고기 시중들이 몰려왔다. 예복을 갖춰 입은 그들은 지느러미에 각양각색의 바다 음식들을 들고 들어왔다.

본격적으로 성대한 축제가 펼쳐졌다. 아름다운 물고기들 중에서도 가장 화려한 이들로만 구성된 시중들이 그들을 대접하였으니 그 모습이 얼마나 장관이었을지는 상상할 수 있을 것이다. 성안의 모든 이들이 영예로운 손님 나무꾼을 기쁘게 하기 위해 최선을 다하였다.

몇 시간 동안이나 계속된 식사에 용왕은 딸들을 불러 음악을 연주하게 하였다. 공주들은 코토(일본 하프)를 들고 와 아름다운 목소리로 노래를 부르고 춤도 추었다. 시간이 어찌나 빠르게 지나갔는지 나무꾼은 무엇 때문에 그곳에 왔는지도 완전히 잊어버릴 정도였다. 그는 완전히 축제의 즐거움에 빠져 모든 것을 잊고 즐기고 있었다. 그런 경이로운 곳이 존재할 줄은 상상도 하지 못했다. 하지만 곧 나무꾼은 정신을 차리고 그곳에 온 이유를 떠올렸다.

"용왕님. 따님들께 이야기를 들으셨는지 모르겠지만 사실 제가 이곳에 온 이유가 있습니다. 얼마 전 낚시를 하다가 제 형님의 바늘을 잃어버려 그것을 찾으러 온 것입니다. 감히 부탁드리건대 하인들을 시켜 제 바늘을 좀 찾아주시면 정말 감사하겠습니다."

"물론입니다." 용왕은 망설임 없이 대답하였다.

"당장 모든 신하들을 불러 명령하겠습니다."

용왕이 명령을 내리자마자 문어, 갑오징어, 가다랑어, 쇠꼬리물고기, 장어, 해파리, 새우, 넙치를 비롯한 모든 종류의 물고기들이 그의 앞으로 모여들어 가지런히 지느러미를 세웠다. 왕이 근엄한 목소리로 말하였다.

"여기 계신 분은 아마테라스의 후손이시다. 미코토 4대 자손인 호호데미이시며 행복한 사냥꾼으로도 불리는 분이시지. 얼마 전 바닷가에서 낚시를 하시다가 바늘을 잃어버리셨다는데 아무래도 너희 중 누군가가 그 바늘을 훔쳐간 것 같다. 그 바늘을 찾기 위해 이 먼 곳까지 오신 것이다. 만약 너희 중 범인이 있다면 당장 자수하고 바늘을 내놓아야 할 것이다. 아니면 누가 그런 짓을 했는지 알고 있는 자가 있거든 그 역시 당장 바늘을 훔쳐간 이가 누구인지, 지금 어디 있는지 모두 털어놓아야 할 것이다."

왕의 말을 들은 물고기들은 모두 깜짝 놀란 표정으로 아무 말도 하지 못하고 서로를 쳐다보고만 있을 뿐이었다. 한참 후 갑오징어가 한발 앞으로 나서며 입을 열었다.

"제 생각에는 참돔이 바늘을 훔친 것 같습니다!"

"왜 그렇게 생각하느냐?" 왕이 물었다.

"그는 어제 저녁부터 아무것도 먹지 못했습니다. 게다가 목이 무척 아파보이는 것이 아무래도 목에 바늘이 걸려 그런 것 같습니다. 당장 그를 부르는 것이 좋을 듯합니다."

그곳에 있는 모든 이들이 고개를 끄덕이며 말했다.

"지금 이 자리에 참돔만 없는 것도 몹시 수상합니다. 당장 그를 불러와 사실을 따져야 합니다. 그럼 저희 모두는 아무 잘못이 없다는 것이 밝혀질 것입니다."

"맞는 말이다."

그들의 말을 들은 용왕이 고개를 끄덕이며 말했다.

"참돔만 보이지 않는 것이 정말 수상하구나. 평소 같으면 제일 먼저 올 텐데 말이다. 당장 그를 불러오너라!"

가장 먼저 말을 꺼냈던 갑오징어가 이미 그를 잡으러 출발한 상태였다. 그는 순식간에 참돔을 데리고 돌아왔다. 참돔은 어딘가 몸이 불편한 모습인데다가 잔뜩 겁에 질려 있었다. 평소 불그레한 얼굴은 하얗게 질려있었고 눈도 반쯤 감겨있는 것으로 보아 상당히 고통스러운 모습이었다.

"대답하거라, 참돔아!" 용왕이 큰 소리로 외쳤다.

"왜 나의 부름에 응하지 않았느냐?"

"어제부터 몸이 많이 아팠습니다." 참돔이 대답했다.

"그래서 오지 못했습니다."

"거짓말 말거라!"

용왕이 몹시 화를 내며 한 번 더 소리쳤다.

"미코토 후손의 바늘을 훔쳐 벌을 받은 것이다!"

"맞는 말씀입니다!" 참돔이 말했다.

"아직도 목에 바늘이 걸려있습니다. 아무리 빼내려 해도 소용이 없었습니다. 삼킬 수도 없고 숨을 쉴 수도 없어서 금방이라도 숨이 막혀 죽을 것 같습니다. 너무나도 고통스럽습니다. 바늘을 훔치려고 했던 것이 아닙니다. 헤엄을 치던 중 맛있어 보이는 미끼를 물었는데 바늘이 목에 걸리고 만 것입니다. 정말입니다. 그러니 부디 한번만 용서해 주십시오."

갑오징어가 다시 한 번 앞으로 나서며 용왕에게 말했다.

"제 말이 맞았습니다. 바늘은 아직 참돔의 목 안에 걸려있습니다. 지금 당장 이 자리에서 바늘을 꺼내어 호호데미께 무사히 돌려드리면 될 것 같습니다!"

"오, 제발 그렇게만 해주십시오!"

참돔은 또 다시 참을 수 없는 고통이 몰려오는 듯 울부짖었다.

"저 역시 이 바늘을 한시라도 빨리 돌려드리고 싶습니다."

"알겠다. 참돔아."

갑오징어는 참돔의 입을 최대한 크게 벌려 자신의 다리 하나를 그의 목구멍 안으로 집어넣었다. 그리고는 눈 깜짝할 새에 바늘을 꺼내 물로 깨끗이 씻어 왕에게 건네었다.

바늘을 받아든 왕은 공손하게 그것을 나무꾼에게 돌려주었다. 그는 바늘을 되찾은 것에 흥분을 감출 수가 없었다. 용왕에게 계속해서 감사의 인사를 전하며 그의 친절함과 지혜로움 덕분에 큰 신세를 졌다고 말하였다.

이제 용왕은 참돔에게 벌을 내리려 하였으나 나무꾼이 한사코 말렸다. 그는 결국 바늘을 무사히 찾았으니 더 이상 참돔을 괴롭게 하는 것을 원치 않았다. 이미 바늘을 삼킨 죄로 충분히 고통을 받은데다가 일부러 그런 것이 아니라 실수로 벌어진 일이니 괜찮다고 하였다. 오히려 그는 자신의 잘못을 탓하였다. 만약 낚시하는 방법을 제대로 알았더라면 바늘을 잃어버리지 않았을 것이라며 애초에 모든 일이 자신의 무지함 때문에 일어난 일이라 자책하였다.

그는 용왕에게 참돔을 용서해주라고 간절히 부탁하였다. 이렇게 자애롭고 지혜로운 이의 말을 어느 누가 거역할 수 있겠는가? 그의 말에 용왕은 당장 참돔의 잘못을 용서하였다. 참돔은 몹시 기뻐하며 지느러미를 흔들어댔다. 모든 물고기들이 사냥꾼의 어진 마음을 찬양하며 각자의 집으로 흩어져갔다.

  잃어버렸던 바늘도 찾았겠다 나무꾼은 더 이상 시간을 지체할 이유가 없었다. 얼른 집으로 돌아가 형에게 용서를 구하고 화해하고 싶었다. 하지만 그의 매력에 빠진 용왕은 기꺼이 그를 아들로까지 삼으려하며 제발 조금만 더 머물다 가라고 애원하였다. 원하는 만큼 머물라는 용왕의 말에 나무꾼 역시 마음을 쉽게 정하지 못하였다. 아름다운 공주들, 타요타마와 타마요리까지 달콤한 목소리로 그를 붙잡고 놓아주지 않는 탓에 그는 차마 집으로 돌아가야겠다는 말을 할 수가 없었다. 조금 더 그곳에 머물다 가는 것도 나쁘지 않은 것 같았다.

  육지와 바다 속 나라는 다른 점이 없었다. 3년이라는 시간이 눈 깜짝할 새에 지나가버렸다. 어떤 걱정거리나 문제도 전혀 없이 모두가 행복하게 지내고 있었다. 3년이라는 긴 시간이 지나도 그곳은 매일 매일 새로운 즐거움으로 가득했다. 용왕의 친절함과 대접도 날이 갈수록 오히려 더해갔다. 하지만 나무꾼은 점점 고향에 대한 그리움이 커져갔다. 자신이 한참 떠나있는 동안 조국에 대한 걱정과 형님의 안부에 대한 궁금증을 떨칠 수가 없었다. 결국 그는 용왕에게 가서 말하였다.

"이곳에서 함께 지내는 동안 정말 즐거웠고 제게 베풀어주신 모든 것들에 대해 굉장히 감사하게 생각합니다. 하지만 저는 나라를 다스리는 집안의 아들이기 때문에 영원히 이곳에 머물러있을 수는 없습니다. 얼른 형님의 낚시 바늘을 들고 돌아가 용서를 빌어야합니다. 이렇게 헤어지는 것이 너무나도 아쉽지만 이번에는 정말 어쩔 수가 없습니다. 허락해 주시면 오늘 떠나도록 하겠습니다. 하지만 언젠가 꼭 다시 이곳에 놀러오겠습니다. 그러니 이제는 저를 보내주십시오."

용왕은 갑작스러운 이별에 슬픔을 감추지 못했다. 용궁 생활에 새로운 즐거움을 주었던 친구를 떠나보내야 한다고 생각하니 눈물이 앞을 가렸다.

"이렇게 헤어지는 것이 정말 너무나도 슬픕니다. 당신이 이곳에 머무는 동안 우리 모두가 행복하고 즐거웠습니다. 아주 고귀하고 훌륭한 분을 모시게 되어 영광이었습니다. 나라를 다스리시는 분이니 더 이상 이곳에 붙잡아 둘 수 없다는 것도 충분히 이해합니다. 하지만 부디 저희를 잊지 말아주십시오. 다소 희한한 일로 처음 이곳에 오셨지만 그동안 저희와 머무르면서 우리 사이에 끈끈한 관계가 만들어졌다고 믿습니다. 육지와 바다 사이의 우정이 앞으로도 더 단단하게 이어지기를 바랍니다."

그러더니 용왕은 딸들을 바라보며 밀물보석과 썰물보석을 가져오라 명령하였다. 그들은 몸을 낮게 숙이며 성 밖으로 나갔다.

잠시 뒤 반짝거리는 보석들을 들고 왔는데 그 빛이 온 사방을 환하게 만들 정도로 찬란하게 빛나고 있었다. 사냥꾼은 그것들이 무엇에 쓰는 것이냐 물었다. 용왕이 손에 보석들을 쥐며 대답했다.

"이것들은 아주 까마득한 옛날부터 우리 조상들에게서 물려받은 부적입니다. 우리의 작별 선물로 당신에게 드리려 합니다. 이것들은 각각 난쥬와 칸쥬라는 이름의 보석들입니다."

사냥꾼은 고마운 마음에 허리를 깊숙이 숙이며 말했다.

"그동안 베풀어주신 것들만 해도 어마어마한데 이렇게 또 무엇을 주십니까. 그나저나 이 보석들은 어떻게 사용하는 겁니까?"

"일단 난쥬는 밀물보석이라고도 불립니다. 이 보석을 손에 쥐는 누구든 바닷물이 밀려들어오게 만들 수 있습니다. 원하는 때에는 언제든 말이죠. 그리고 이것은 썰물보석이라고도 불리는 칸쥬입니다. 역시 바닷물과 파도를 마음대로 조절할 수 있는데 난쥬와는 반대로 바닷물을 밀려나가게 만드는 것입니다."

용왕은 나무꾼에게 보석을 사용하는 방법을 직접 보여주고는 그의 손에 쥐어주었다. 나무꾼은 놀라운 능력의 밀물보석과 썰물보석을 손에 넣게 되어 굉장히 기뻤다. 적들과 맞붙을 경우 언제든 그 효과를 제대로 발휘할 수 있을 것 같았기 때문이다.

그는 용왕에게 계속해서 감사 인사를 전하며 드디어 떠날 준비를 마쳤다. 용왕과 공주들, 그리고 성 안의 모든 이들이 나와 그에게 작별 인사를 건넸다.

성 입구를 지나 공주들과 처음 만났던 참나무를 지날 때까지 그들의 인사 소리는 귓가에 맴돌고 있었다. 마침내 첫날 왔었던 해안가에 도착했다. 이번에는 바구니 대신 커다란 악어 한 마리가 그를 기다리고 있었다. 그렇게 거대한 생물체는 본 적이 없었다. 몸의 길이가 약 15m는 되어 보였다. 용왕은 악어에게 나무꾼을 무사히 일본까지 모시라 명령하였다. 그 동물의 능력은 미지의 노인 시우주키노 오키나가 만들어 주었던 괴상한 바구니에 전혀 뒤지지 않았다. 어떤 증기선보다도 빠르게 움직이는 악어의 등을 타고 나무꾼은 무사히 육지로 돌아갈 수 있었다.

악어가 나무꾼을 땅 위에 내려주자마자 그는 형에게 무사귀환을 알리기 위해 급히 집으로 돌아갔다. 그들 사이 갈등의 원인이었던 바늘을 돌려주며 참돔의 몸속에 있던 것을 무사히 찾아왔다고 자랑스럽게 이야기하였다. 그는 형님에게 진심으로 용서를 구했다. 바늘을 찾으러 용궁에 갔다가 그곳에서 겪었던 모든 놀라운 일들을 그에게 들려주었다.

사악한 낚시꾼 형은 아우가 바늘을 잃어버린 것을 핑계 삼아 그를 일본 밖으로 내쫓을 수 있었다. 그가 없는 3년 동안 대신 왕좌에 앉아 온 나라를 다스리며 부유하게 살 수 있었다. 원래 자신의 몫이 아닌 것을 펑펑 누리며 영원히 아우가 돌아오지 않기를 바라고 있었다. 그러나 한참을 잊고 살며 전혀 생각도 못하고 있을 때 아우가 다시 모습을 나타낸 것이었다.

형은 아우를 용서하는 척 할 수밖에 없었다. 더 이상 그를 내쫓을 구실이 없었기 때문이다. 하지만 속으로는 그를 더 증오하며 부글거리는 마음을 가라앉힐 수가 없었다. 결국은 스스로 참을 수 없을 정도로 화가 차오르자 아우를 죽일 계획을 세우기 시작했다.

어느 날 사냥꾼은 논 위를 걷고 있었다. 형은 단검을 들고 몰래 그의 뒤를 따라가고 있었다. 사냥꾼 역시 형이 자신의 목숨을 노리고 있다는 것을 알고 있었다. 드디어 밀물보석과 썰물보석을 사용해야 할 때가 왔다고 생각했다.

용왕이 말한 것들이 정말 일어나는지 직접 눈으로 확인할 수 있는 기회였다. 먼저 그는 가슴팍에 넣어두었던 밀물보석을 꺼냈다. 그것을 이마 위로 높이 들어 올리는 순간 엄청난 바닷물이 논밭 전체로 밀려들어오기 시작했다. 마침내 바닷물은 낚시꾼이 서 있는 곳까지 흘러들어왔다. 형은 생각지도 못했던 일에 깜짝 놀라 어찌할 줄 모르고 있었다. 순식간에 물결에 휩쓸려가던 그는 아우를 향해 살려달라고 고래고래 소리를 질러댔다.

    착한 심성의 아우가 그 모습을 보고만 있을 리 없었다. 그는 당장 밀물보석을 집어넣고 이번에는 썰물보석을 꺼냈다. 역시 그것을 이마 위로 들어 올리는 순간 바닷물이 밀려나가기 시작했다. 무슨 일이 있었냐는 듯 물의 흔적이라고는 전혀 보이지 않았고 논밭은 다시 쨍쨍하게 말라있었다.

    죽음의 문턱까지 갔다가 살아 돌아온 형님은 여전히 겁에 질린 채 아우가 가지고 있는 보석들에 크게 감탄하였다. 그제야 자신이 아우에게 큰 잘못을 저질렀다는 것을 깨달았다. 나이는 어리지만 바닷물을 자유자재로 다스릴 수 있는 엄청난 능력을 가진 자였다. 그는 진심으로 잘못을 뉘우치며 아우에게 용서를 구했다. 또한 나이는 자신이 더 많지만 당장 그에게 왕위를 물려주고 그에게 예를 갖추며 충성을 다하겠다고 약속하였다.

    사냥꾼은 형님에게 저 밀려가는 바닷물 속에 그동안 가지고 있던 모든 사악한 마음을 버리면 기꺼이 용서하겠다고 하였다. 그는 당장 그러겠다고 약속했고 그렇게 형제 사이의 우애가 다시 회복되었다. 이후 낚시꾼은 자신이 내뱉은 약속을 지키며 착한 사람으로 변화하였다. 이제 행복한 사냥꾼은 어떠한 문제나 갈등도 없이 일본을 다스릴 수 있게 되었다. 덕분에 그의 나라에도 오랫동안 평화만이 가득하였다. 아, 그리고 용왕에게서 받은 밀물보석과 썰물보석은 그가 가장 아끼는 물건이 되었다. 행복한 사냥꾼과 솜씨 좋은 낚시꾼의 이야기는 이렇게 행복한 결말을 맞았다.

혀가 잘린 참새

아주 먼 옛날 한 노부부가 살고 있었다. 남편은 선하고 인정이 많으며 부지런한 반면 그의 부인은 까다롭고 성질만 푹푹 내며 잔소리와 욕을 입에 달고 사는 여자였다. 그 때문에 둘은 한 시도 행복할 날이 없었다.

부인은 아침부터 밤까지 늘 입에 불만을 달고 살았다. 남편은 언제부턴가 그런 그녀의 모습에 신경을 끄고는 하루 중 대부분의 시간을 밭에서 일을 하며 보냈다. 그는 자식이 없던 대신 참새 한 마리를 길렀다. 마치 진짜 자식을 돌보듯 애지중지 보살펴주었다.

종일 일을 한 후 집에 돌아오면 참새를 돌보는 것이 그의 유일한 낙이었다. 그에게 하루 동안 있었던 일들을 들려주고 몇 가지 재주도 가르쳐 주었는데 새가 워낙 영리했던 탓에 금방 배우곤 했다. 새장을 열어 참새가 방 안을 자유롭게 날아다니게 해주며 함께 많은 시간을 보내었고 저녁식사를 할 때면 항상 일정한 몫을 떼어 그에게 먹여주기도 했다.

어느 날 남편은 나무를 베러 숲에 간 상태였고 부인은 집에서 빨래를 하고 있었다. 전날 옷에 먹일 풀을 만들어 놓았는데 아무리 찾아도 보이지 않는 것이었다. 분명 어제 그릇 가득 풀을 채워 놓았는데 텅텅 빈 그릇만 놓여있을 뿐이었다. 도대체 누가 풀을 훔쳐간 것일까 곰곰이 생각하고 있던 부인 앞으로 참새가 살며시 날아왔다. 그는 고개를 푹 숙이며 – 남편이 가르쳐준 재주였다 – 부인의 귀에 대고 속삭였다.

"제가 그랬습니다. 그릇에 담겨있길래 먹어도 되는 건 줄 알았습니다. 절대 일부러 그런 것이 아닙니다. 제발 용서해 주세요! 짹짹짹!"

바보같이 정직한 참새였다. 그렇게 공손하고 얌전하게 사과를 했으면 당연히 한번 쯤 용서를 해줄 법도 한데 못된 부인에게는 어림도 없는 일이었다. 부인은 남편이 참새를 기르는 것을 항상 못마땅해 했었다. 집을 더럽게 하고 자신이 할 일만 늘어난다며 남편과 늘 말싸움을 했었다. 드디어 새를 괴롭힐만한 좋은 구실이 생겼다. 풀을 훔쳐 먹은 것에 대해 마구 꾸짖으며 차마 입에 담지도 못할 험한 말들을 마구 뱉어내기 시작했다. 새는 계속해서 고개를 조아리며 사과를 했지만 부인은 그래도 화가 안 풀리는지 새의 몸통을 꽉 붙들고는 그 불쌍한 작은 새의 혀를 가위로 싹둑 잘라 버렸다.

"내가 열심히 만들어놓은 풀을 먹어버린 것이 바로 네 혀지. 그러니 이제 혀 없이 사는 것이 어떤지 느껴 보거라!"

그는 마지막까지 지독한 말을 뱉어내고는 새를 멀리 쫓아내 버렸다. 그 새가 어떻게 되든지 간에 전혀 신경 쓰지 않았다. 아주 악마 같은 여인 같으니라고! 그리고는 다시 풀을 만들기 시작했다. 여전히 분이 풀리지 않는지 옷에 풀을 먹이고 햇빛에 말리는 와중에도 내내 불평불만을 쏟아내고 있었다.

그 날 밭일을 마치고 집으로 돌아가던 남편은 여느 때처럼 시간 맞추어 문 앞에서 자신을 기다리고 있는 참새의 모습을 기대하고 있었다. 그의 모습이 보이는 순간 새는 짹짹거리며 깃털을 활짝 펼치고 그의 어깨 위로 날아가 앉곤 했다. 하지만 그날은 새의 그림자조차도 보이지 않았다. 남편은 몹시 실망했다. 발걸음을 재촉해 집에 도착한 남편은 얼른 짚신을 벗고 마루 위로 올라갔다. 하지만 그곳에도 새는 보이지 않았다. 그쯤 되니 늘 새를 못마땅하게 여기던 부인이 아무래도 어딘가에 그를 가둬버린 것 같은 느낌이 들었다. 부인을 불러 다급한 목소리로 물었다.

"스즈메 상(참새 양)은 어디 있소?"

부인은 태연한 척 대답했다.

"참새 말인가요? 모르겠군요. 생각해 보니 오후 내내 보지를 못했어요. 그런 배은망덕한 새가 어디로 날아갔든 영영 떠나버렸든 신경 쓰고 싶지도 않군요."

하지만 남편은 분명 그녀가 저지른 일이라 생각하고는 끈질기게 다그쳐 물었다. 어쩔 수 없이 부인은 퉁명스러운 말투로 사실을 털어놓기 시작했다. 자신이 열심히 만들어 놓은 풀을 참새가 다 먹어버렸다, 그래서 너무 화가 나서 가위로 그의 혀를 잘라버렸다, 그리고는 집에서 내쫓아 다시는 영영 돌아오지 못하게 만들었다라고 말이다. 그러면서 부인은 남편에게 참새의 혀를 보여주며 오히려 뻔뻔하게 큰소리를 쳤다.

"이게 그 참새의 혀에요! 내가 잘랐죠! 못된 것 같으니! 감히 내가 만들어 놓은 풀을 먹어버리다니!"

"어떻게 그렇게 잔인한 짓을 할 수가 있소? 사람이 어떻게 그런 짓까지 할 수 있소?"

남편은 너무나도 충격을 받아 말이 안 나올 지경이었지만 그런 못된 여자도 부인이라고 그는 더 이상 뭐라 할 수가 없었다. 하지만 가냘픈 참새가 그런 끔찍한 일을 겪었다 생각하니 너무나도 마음이 아팠다.

"스즈메 상이 혀를 잃다니 이보다 슬픈 일이 있을까!"

그는 혼잣말을 중얼거렸다.

"더 이상 지저귀지도 못할 거야. 게다가 가위로 싹둑 잘린 상처가 얼마나 아플까. 내가 할 수 있는 일이 정말 없을까?"

남편은 너무나도 슬퍼 흐르는 눈물을 멈출 수가 없었다. 부인은 이미 아무 일도 없었다는 듯 곤히 잠을 자고 있었다. 그는 소매로 눈물을 닦으며 날이 밝는 즉시 참새를 찾으러 가야겠다고 생각했다. 그렇게 스스로 위로를 하고 나서야 겨우 잠자리에 들 수 있었다. 다음 날 아침 일찍부터 일어난 그는 대충 아침을 때우고는 숲을 지나 언덕 위로 향했다. 대나무 숲이 나올 때마다 그는 큰 소리로 외쳤다.

"오, 나의 참새야. 어디 있느냐? 혀가 잘린 불쌍한 나의 참새는 지금 어디 있느냐!"

그는 멈추지 않고 계속해서 참새를 찾아다녔다. 오후가 되어 그는 넓은 대나무 숲까지 들어왔다. 그곳은 참새들이 머무르기 좋아하는 곳이어서 왠지 그를 찾을 수 있을 것 같았다. 역시나 숲의 가장자리에 앉아 그를 환하게 맞아주는 새의 모습이 보였다. 보고도 믿을 수가 없었다. 반가운 마음에 얼른 달려가니 새는 머리를 까딱까딱 숙이며 그에게 배운 재주들을 마음껏 뽐내고 있었다.

오랜만에 만난 자신의 주인을 반가워하며 환영하는 몸짓이었다. 게다가 놀랍게도 그 참새는 예전처럼 지저귀는 데에 아무 문제가 없어보였다. 남편은 부인을 대신하여 사과를 하며 혀는 어떤지 물어보았다. 그러자 새는 부리를 벌려 새로 자라나고 있는 혀를 보여주었다. 오히려 그에게 지나간 일은 걱정하지 말라며 지금은 전부 다 괜찮다고 위로를 해주었다. 그제야 남편은 이 참새가 그냥 평범한 새가 아니라 요정이라는 것을 알 수 있었다.

그 사실을 알게 된 남편이 얼마나 기뻐했는지는 말로 다 표현할 수가 없을 정도이다. 그는 자신이 아끼던 참새를 다시 만나게 된 기쁨에 모든 걱정 근심, 피곤함까지도 모두 잊었다. 참새가 몹시 아파하고 있을 거라 생각했던 것과 다르게 그녀는 상당히 행복하고 건강해 보였다. 게다가 그녀가 요정이라니 더 이상 걱정할 것이 전혀 없었다.

참새는 남편에게 자신을 따라오라고 했다. 그녀를 따라가니 대나무 숲 한가운데에 아주 화려한 집 한 채가 있었다. 집 안은 훨씬 더 아름답게 꾸며져 있었다. 순백의 나무들로 지어진 집 안에는 카펫 대신 부드러운 크림색 매트가 깔려 있었고 세상에서 가장 고운 비단과 크레이프로 만든 쿠션들이 놓여있었다. 방마다 도코노마에는 예쁜 화병들과 래커칠을 한 상자들이 놓여있었다.

도코노마는 귀한 물건들을 진열해두는 벽감이라고 보면 된다. 참새는 탁자 상석에 남자를 앉히더니 자신은 조금 떨어진 곳에 앉아 그동안 얼마나 자신을 아끼고 보살펴주었는지에 대해 감사함을 전하였다. 그리고는 참새 아가씨(이제부터 이렇게 부르기로 한다)는 자신의 가족에게 남자를 소개시켜 주었다.

앙증맞은 크레이프 가운을 입은 그녀의 딸들이 예쁜 쟁반에 맛있는 음식들을 담아 들고 왔다. 남자는 마치 꿈속에 있는 듯한 기분이었다. 식사를 하는 동안 또 다른 참새들이 들어와 '스즈메 오도리(참새춤)' 을 추며 분위기를 더욱 화기애애하게 만들었다. 이런 즐거움과 행복은 평생 느껴본 적이 없었다. 맛있는 음식을 즐기고 춤을 감상하느라 시간 가는 줄을 모르고 있었다.

밤이 되어서야 그는 집으로 돌아갈 시간이 훨씬 지났다는 것을 깨달았다. 즐거운 저녁시간을 보낸 것에 대해 참새 아가씨에게 고마움을 표하며 지난 날 자신의 부인 때문에 겪은 일들은 부디 잊어달라고 간절히 부탁하였다. 이렇게 아름답고 평화로운 곳에서 즐겁게 살고 있는 모습을 보니 정말 안심이 된다고도 덧붙였다. 남자는 참새 아가씨가 잘 살고 있는지 혹시 무슨 일이 생긴 것은 아닌지 몹시 걱정이 되어 찾으러 온 것인데 다행히도 모든 것이 다 잘 된 것 같으니 이제 걱정하지 않고 집으로 돌아갈 수 있었다. 언제라도 필요한 것이 있으면 당장에라도 다시 오겠다고 약속하였다.

참새아가씨는 그에게 며칠만 더 머물다 가라고 사정하였다. 하지만 남자는 얼른 돌아가야만 했다. 부인이 분명 왜 이렇게 늦게 왔냐고 화를 낼 것이라 더 이상 머무를 수가 없다고 안타까워하였다. 하지만 이제 그녀가 이 대나무 숲에 있는 것을 알았으니 언제고 시간 될 때마다 찾아오겠다고 약속하였다. 더 이상 남자를 붙잡아 둘 수가 없는 대신 참새아가씨는 하인들을 시켜 상자 두 개를 가져오게 하였다. 하나는 꽤 큰 상자였고 다른 하나는 조그마한 상자였다. 참새아가씨는 그에게 둘 중 마음에 드는 하나를 고르라고 하였다. 남자는 그것마저 사양할 수는 없었고 작은 상자를 고르며 말했다.

"이제 크고 무거운 것을 들기에는 너무 나이가 들었고 몸도 쇠약해졌지. 어쨌든 너의 성의이니 작은 상자로 고르겠다. 들고 가기에도 무리가 없어 보이고 말이지."

참새들은 그가 등에 상자를 이는 것을 도와주며 문 앞까지 배웅을 나갔다. 그들은 계속해서 고개를 숙여 인사하면서 꼭 다시 돌아오라며 작별 인사를 건네었다. 슬픈 이별이 아니었다. 참새아가씨는 그의 부인에게 당했던 일들은 진즉 잊어버렸었다. 단지 남자가 평생 동안 그런 못된 여자와 평생을 살아야한다는 것을 안타깝게 여길 뿐이었다. 남편이 집에 도착하기만을 기다리고 있던 부인은 한밤중이 되어서야 돌아온 그에게 평소보다 훨씬 더 심술이 나있었다.

"대체 뭘 하다가 이렇게까지 늦게 온 거에요?"

부인은 동네가 떠나갈 듯 큰 소리로 외쳐댔다.

"왜 이렇게 늦었어요?"

남편은 부인을 달래기 위해 들고 온 상자를 보여주며 하루 종일 무슨 일이 있었는지, 참새를 찾게 되어 얼마나 기뻤는지, 또 그녀가 얼마나 멋지고 아름다운 곳에 살고 있는지를 모두 이야기해 주었다.

"자, 이제 상자에 무엇이 들었는지 봅시다."

남편은 혹시나 그녀가 또 투덜댈까봐 서두르며 말했다.

"상자 여는 것을 좀 도와주시오."

그들은 나란히 상자 앞에 앉았다. 놀랍게도 상자 안에는 금화와 은화, 그리고 갖가지 보석들이 가득 차있었다. 그 수가 얼마나 많았는지 그 보석들을 꺼낼 때마다 바닥의 깔개가 눈부시게 반짝거릴 지경이었다. 남편은 보고도 믿을 수 없을 정도의 보석들 모습에 기쁨을 주체할 수가 없었다. 참새 아가씨에게 생각도 못한 엄청난 선물을 받은 것이었다. 아마 그 정도 보석이면 남은 평생 동안 일을 하지 않고도 살 수 있을 정도였다. 그는 잔뜩 흥분한 채로 계속해서 소리쳤다.

"나의 참새야, 정말 고맙구나! 참새야, 정말 고맙다!"

하지만 부인은 그 와중에도 못마땅한 표정이었다. 눈앞에 잔뜩 쌓여있는 보석들을 보니 오히려 욕심만 더 커질 뿐이었다. 그녀는 남편에게 왜 더 큰 상자를 고르지 않았냐며 구박하기 시작했다. 남편은 단순히 들고 오기 쉬운 작고 가벼운 상자를 골랐을 뿐이라며 대답했다.

"이런 멍청한 늙은이 같으니라고!"

그녀의 타박은 멈출 줄을 몰랐다.

"큰 상자를 골랐어야죠! 그럼 아마 이거의 두 배는 가질 수 있었을 텐데. 이런 바보 같은!"

그녀는 끝까지 성질을 내며 잠자리에 들었다. 남편은 차라리 큰 상자에 대해 말을 하지 않는 게 나을 뻔했다고 후회했지만 이미 엎질러진 물이었다. 아무 자격도 없는 자신에게 어느 날 갑자기 찾아온 행운에도 만족하지 못한 탐욕스런 부인은 아무래도 더 많은 보석들을 가질 수 있을 것 같았다. 할 수만 있다면 당장이라도 그렇게 하고 싶었다.

부인은 다음 날 아침 일찍부터 일어나 남편에게 참새가 살고 있는 곳을 알려달라고 했다. 그는 부인의 속셈을 알고는 알려주지 않으려 했지만 소용이 없었다. 남편의 말은 귓등으로도 들으려 하지 않았다. 참새의 혀를 잘라버리는 그런 무시무시한 짓을 하고도 어떻게 양심의 가책이라고는 느끼지 않는지 무서울 정도였다. 하지만 그녀는 이미 탐욕에 눈이 멀어 다른 것에는 신경 쓸 겨를이 없었다. 혹시나 참새들이 자신에게 화가 나있어 어떤 복수를 할지도 전혀 걱정하지 않는 모습이었다.

한편 참새아가씨가 혀가 잘리고 울면서 대나무 숲으로 돌아온 날 그녀의 가족들과 친척들은 부인에게 저주를 퍼붓는 것 외에는 아무것도 할 수 있는 일이 없었다.

"대체 어떻게 이런 짓을 할 수 있지! 실수로 풀을 좀 먹었다고 이런 잔인한 짓을 하다니!"

그들은 친절하고 착한 남편에 반해 사악하고 못된 부인을 몹시 증오하기 시작했다. 기회만 오면 당장 복수를 해야겠다고 다짐했었다. 그 기회는 생각보다 일찍 찾아왔다. 부인은 한참을 걸어서야 남편이 알려준 대나무 숲을 찾을 수 있었다. 그녀는 큰 소리로 외쳤다.

"혀 잘린 참새의 집이 어디냐? 혀가 잘린 참새를 찾고 있다!"

그 때 대나무 잎들 사이로 살짝 튀어나온 처마의 모습이 보였다. 재빨리 집 앞으로 가 문을 세게 두드렸다. 하인들이 참새아가씨에게 그 못된 부인이 찾아왔다고 알렸다. 그녀는 생각지도 못한 손님의 방문에 깜짝 놀라다가도 전혀 겁도 없이 그곳을 찾아온 부인의 용기에 감탄까지 할 지경이었다. 하지만 참새아가씨는 아주 예의바르고 착한 새였다. 한때나마 여주인이었던 부인을 반가운 목소리로 맞이하였다. 하지만 부인에게는 인사나 나눌 여유 따위는 없었다. 전혀 부끄러운 기색 없이 다짜고짜 찾아온 용건을 외쳤다.

"우리 남편이 받은 대접 같은 것은 나에게 전혀 필요 없다. 남편이 고르고 남은 다른 상자 하나를 가지러 온 것이다. 그 상자만 주면 당장 여기서 나갈 것이다. 내가 바라는 것은 단지 그것뿐이다!"

참새아가씨는 순순히 알겠다며 하인을 시켜 상자를 가져오게 하였다. 부인은 기다렸다는 듯 상자를 낚아채 등에 메고는 심지어 고맙다는 인사도 없이 얼른 집으로 발걸음을 옮겼다. 상자가 엄청 무거웠던 탓에 그녀의 발걸음은 점점 느려질 수밖에 없었다. 당장 집까지 뛰어가 상자를 열어보고 싶었지만 달리기는커녕 걷는 것조차 힘들어 중간 중간 쉬어 가야만 했다. 더 이상 힘이 없어 비틀거릴 지경이 되자 그녀는 당장 상자를 열어보고 싶었다. 더 이상은 참을 수가 없었다. 분명 그 상자 안에는 금과 은, 그리고 반짝이는 보석들이 가득 차 있을 것 같았다.

결국 욕심 많은 그녀는 길 위에 상자를 내려놓고는 주저앉아 조심스럽게 상자를 열기 시작했다. 곧 눈앞에 펼쳐질 엄청난 보석들을 기대하며. 하지만 뚜껑을 여는 순간 그녀는 깜짝 놀라 기절할 뻔했다.

상자에서는 보석들 대신 끔찍하고 무시무시한 귀신들이 튀어나와 금방이라도 그녀를 죽일 듯 주위를 빙 둘러싸는 것이었다. 이마 한 중간에 커다란 외눈을 가진 귀신은 그녀를 노려보고 있었고 커다란 입을 쩍 벌리고 당장에라도 그녀를 집어삼킬 듯한 모습의 괴물들도 있었다. 엄청난 길이의 뱀이 똬리를 틀고는 쉬익 소리를 내며 그녀를 위협했으며 무지막지하게 큰 개구리가 펄

쩍펄쩍 뛰어다니며 그녀를 향해 개굴개굴 울어대고 있었다.

부인은 잔뜩 겁에 질려 있는 힘껏 그곳에서 도망쳐 나왔다. 얼마나 빠르게 달렸는지 집에 도착하자마자 다리에 힘이 풀려 마룻바닥에 쓰러지고 말았다. 남편에게 상자 이야기를 하며 거기서 튀어나온 귀신들이 자기를 죽이려 했다며 눈물을 쏟아냈다. 갑자기 그녀는 그 모든 상황을 참새 탓으로 돌리기 시작했다. 남편이 그녀의 말을 끊으며 말했다.

"참새 탓이 아니오. 당신의 그 못된 마음이 결국은 벌을 받은 것뿐이오. 이 일을 기회로 당신이 교훈을 얻었으면 좋겠군요!"

부인은 아무 말이 없었다. 그 날 이후 그녀는 여태 저질렀던 자신의 못된 짓들을 뉘우치며 점점 착하고 선한 여인으로 바뀌어갔다. 그녀의 변화에 남편조차 같은 사람이 맞나 깜짝 놀랄 지경이었다. 그렇게 노부부는 참새가 준 보석들을 아껴 쓰며 부족함이나 어떤 근심걱정도 없이 평생 행복하게 살 수 있었다.

예이 테오도라 오자키

일본의 전통, 관습 등을 외국인들의 취향에 맞게 묘사하는 능력이 탁월한 예이 테오도라 오자키는 이야기 곳곳에 일본 전통 가옥의 특징과 그 나라 특유의 문화에 대한 묘사를 찾아볼 수 있는데, 이 요소들이 작품을 더욱 흥미롭게 만들고 있다. 일본인들뿐만 아니라 전 세계 사람들이 이 재밌고 흥미로운 이야기들을 읽고 즐기게 만들고 싶은 소망을 담아 이 작품을 썼다고 한다.

일본 단편 동화집 1318 청소년문고 23

발행일 . 2025년 7월 16일
지은이 . 예이 테오도라 오자키 **옮긴이** . 임아랑
펴낸곳 . 정씨책방 **임프린트** . 리플레이
주소 . 경기도 김포시 김포한강9로 75번길 66, 505호
전화 . 070-8616-9767 **팩스** . 02-2179-9767
이메일 . jungcbooks@naver.com
ISBN . 979-11-91467-71-0(03830) **정가** . 15,800 원

'리플레이'는 정씨책방의 출판 브랜드 입니다.

성장하는 청소년들을 위한 깊이 있는 이야기와 감동을 담은 **1318 청소년문고**는 고전부터 현대문학, 국내외 폭넓은 작품을 변화하는 세상 속에서 고민하고 꿈꾸는 청소년들이 자신의 길을 찾을 수 있도록 책을 통해 세상을 넓게 바라보고 사고력을 키울 수 있도록 돕습니다.

1. **이효석 단편문학** / 이효석 / 자연과 인간의 내면을 섬세하게 그려낸 작가
2. **방정환 단편문학** / 방정환 / 대한민국 아동문학 대표 작가
3. **노천명 단편문학** / 노천명 / 사슴의 시인, 소박하면서 섬세한 정감
4. **나도향 단편문학** / 나도향 / 백조파 특유의 감상적이고 환상적인 작품
5. **김동인 단편문학** / 김동인 / 현대적 문체로 풀어낸 한국 근대문학의 선구자
6. **윤동주 시집** / 윤동주 / 하늘과 바람과 별과 시
7. **김소월 시집** / 김소월 / 진달래꽃, 한국 현대시인의 대명사
8. **타임머신** / 허버트 조지 웰스 / 공상 과학소설의 고전
9. **목요일이었던 남자** / 길버트 키스 체스터턴 / 거칠고, 정신없는 유쾌하고도 깊은 감동이야기
10. **투명인간** / 허버트 조지 웰스 / 얼굴 가린 두툼한 붕대, 왜 변장하고 있는 걸까?
11. **이상한 나라의 앨리스** / 루이스 캐럴 / 앨리스의 이상하고 환상적 모험
12. **오페라의 유령** / 가스통 르루 / 오페라 하우스의 5번 박스석과 지하세계
13. **모로 박사의 섬** / 허버트 조지 웰스 / 희망과 고독 속에서 내 얘기를 마친다
14. **80일간의 세계 일주** / 쥘 베른 / 80일간 세계 일주, 행복을 얻다
15. **구운몽** / 김만중 / 인생의 부귀공명은 일장춘몽이다
16. **홍길동전** / 허균 / 우리나라 최초의 국문 소설

17. 미국 단편 동화집 / 라이먼 프랭크 바움 / 일상생활에서 만나는 마법
18. 사씨남정기 / 김만중 / 조선 사회의 모순과 실상, 권선징악
19. 백범일지 / 김구 / 독립운동가 김구가 쓴 자서전
20. 현진건 단편문학 / 현진건 / 객관적 현실 묘사, 사실주의자 작가
21. 한용운 시집 / 한용운 / 독립운동가 한용운의 서정시
22. 금오신화 / 김시습 / 한국 최초의 한문소설
23. 일본 단편 동화집 / 예이 테오도라 오자키 / 20세기 초, 수집된 일본 전통 이야기 모음집
24. 39계단 / 존 버컨 / 스파이 스릴러의 모험소설
25. 무정 / 이광수 / 자유연애로 대표되는 장편소설
26. 김유정 단편문학 / 김유정 / 한국의 영원한 청년작가
27. 네덜란드 단편 동화집 / 윌리엄 엘리엇 그리피스 / 생동감 넘치는 네덜란드 민속 세계
28. 주홍색 연구 / 아서 코난 도일 / 홈즈와 왓슨의 만남과 살인 사건
29. 상록수 / 심훈 / 농촌계몽운동의 대표 소설
30. 강경애 단편문학 / 강경애 / 사회의식을 강조한 여성 작가
31. 계용묵 단편문학 / 계용묵 / 인간이 가지는 선량함과 순수성
32. 방정환 장편문학 / 방정환 / 흥미진진한 어린이 탐정소설
33. 이무영 단편문학 / 이무영 / 농민문학과 농촌 소설의 선구자
34. 만세전 / 염상섭 / 3·1 운동 직전, 지식인 청년의 눈에 비친 사회상